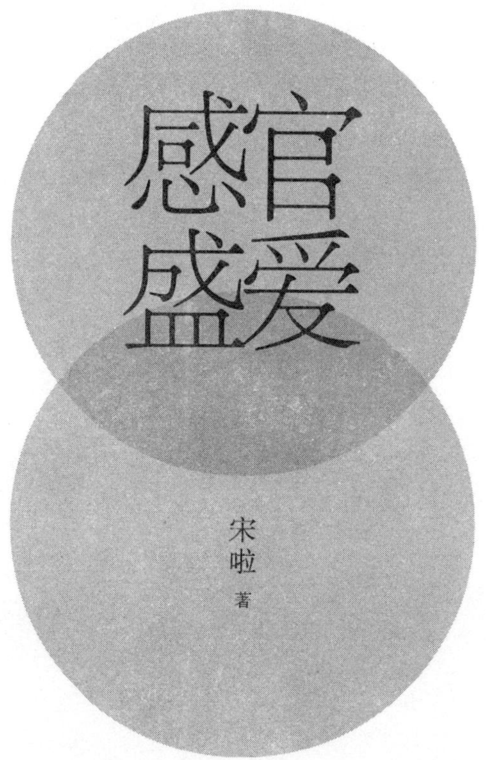

感官盛爱

宋啦 著

江苏凤凰文艺出版社
JIANGSU PHOENIX LITERATURE AND ART PUBLISHING, LTD

图书在版编目（CIP）数据

感官盛爱 / 宋啦著. -- 南京：江苏凤凰文艺出版社, 2019.2

ISBN 978-7-5594-1594-3

Ⅰ. ①感… Ⅱ. ①宋… Ⅲ. ①长篇小说－中国－当代 Ⅳ. ①I247.5

中国版本图书馆CIP数据核字(2018)第028281号

书　　名	感官盛爱
著　　者	宋　啦
责任编辑	孙金荣
特约编辑	张雪雅
责任校对	孔智敏
封面插画	刘　玮
出版发行	江苏凤凰文艺出版社
出版社地址	南京市中央路165号，邮编：210009
出版社网址	http://www.jswenyi.com
印　　刷	三河市嵩川印刷有限公司
开　　本	880毫米×1230毫米 1/32
印　　张	6.5
字　　数	144千字
版　　次	2019年2月第1版 2019年2月第1次印刷
标准书号	ISBN 978-7-5594-1594-3
定　　价	36.00元

（江苏凤凰文艺版图书凡印刷、装订错误可随时向承印厂调换）

目录

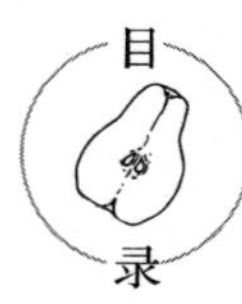

口红：吻与笑

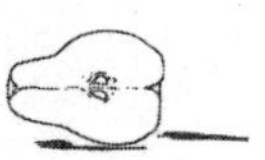

然而正是这幅陌生的皮囊，携带了她所喜爱的一颗心脏，因此她仍抑制不住内心的狂喜，看着他的双眼——双眼之中的眼神正在向她透露出一条秘密的林荫道，她似乎能这样走下去，慢慢穿过他的瞳孔，窥视到他内心精巧的结构……她情不自禁地对着他笑起来。

疼。

就在这 1 秒钟之中，尤梨全身所有——约共 60 万亿的细胞们，全部只剩下这一种感觉。

她全身所有的神经末梢，似乎都变成了一个个针尖，在这一瞬间，一齐刺向她。

她感到她立即遁入了一个绝对黑暗的空间，这个空间中，只有自己的肉身，正在这些密密麻麻、无以计数的针尖上，胡乱跳着某种舞……

而就在同一瞬间，世界上会有多少女人，正在拿着口红，在双唇上涂抹？随着一次次的涂抹，她们的双唇在她们的双手下越来越丰饶，像一点一点长大起来的初夏杨梅，一点一点越来越红，就像尤梨此刻即将滴出的血……

为了刚刚涂好的红唇，抑或为了庆祝即将流出的血。

她们，和尤梨一样，通常会选择挤出一个笑来庆祝——即使尤梨的大脑在这一秒钟，根本来不及反应过来通知脸部肌肉要笑出来，然而在她的身体之中——虽然说不清具体是在哪处，但可以肯定一定在某处，也是蕴含着这种笑的。

而在她们笑着的嘴唇之上——嘴唇之上的世界是一个巨大的吻。

所有的事物都亲吻了她，而她仍然处于那个疼之中。

她感到自己正慢慢变成了疼的附属物，随着疼的感觉越来越重，自己越来越轻……越来越轻——轻得飘了起来，飘过自己曾仰望过不知道多少次的云朵们，飘过所有人的头顶，俯瞰着自己曾在这个星球上的生活轨迹——如此渺小，如此微不足道——她因而变得更加轻了，轻易地飘过了地球大气层，仍然越飘越远……好像就要这样一点一点地从这个世界上彻底消失掉。而依稀之中，她似乎又本能地知道，也正因为这疼，才更能肯定自己是在活着。

在她的远方，种子正疼痛地钻出土壤，成为痛苦的幼苗；牡蛎正疼痛地哭泣，哭出痛苦的珍珠……这是一个因为有疼的存在而得以生机勃勃的世界。

她整个人已完全充满在了这个疼之中——以至于她完全丧失了对疼的感知，不再感觉到“疼”——这种疼，已经让全世界所有的事物都变成了以疼为基本单位的存在。

上帝通过疼，赐予了她这一秒钟，又似乎通过这疼，偷走了她这一秒钟——她在这一秒钟之中，已经完全忘记了此刻自己双腿间的男人，以及这之前她自以为深爱的男人的心，以及他身下的正处于开放状态的自己的身体，身体之上那无时无刻不在默默审视着自己的她的灵魂……

而其实，她脑中的海马体们记得这一切。虽然，她在这一秒钟里面，连自己的海马体们也全都忘了。

而海马体对这种疼的感知记忆，正从这一秒钟的起点开始，像拉丝一样将这一秒钟越拉越长，直至这一秒钟成为一种高空钢丝一样的存在——尤梨就像走钢丝一样踮起脚尖，伸开手臂，紧闭双眼，小心翼翼地随着越来越长的钢丝一步一步地向前行走……而她脑中的海马体们，却开始一点一滴地向后回放她的记忆……

4 个小时前，一个男人，曾出现在她面前——他的体内，顺便携带着她喜欢的那颗心。

虽然在他出现之前的一两个小时里，她在一次次望向窗外的等待中胡乱设想了多种他的外貌，然而没有一种和此刻她面前的这种相吻合。

然而正是这幅陌生的皮囊，携带了她所喜爱的一颗心脏，因此她仍抑制不住内心的狂喜，看着他的双眼——双眼之中的眼神正在向她透露出一条秘密的林荫道，她似乎能这样走下去，慢慢穿过他的瞳孔，窥视到他内心精巧的结构……她情不自禁地对着他笑起来。

“抱歉，我堵车了……”他神情慌乱地解释着，一边擦了擦额头——尽管似乎并没有汗珠。

“没关系，能见到你就好……”她映着脸上的笑说——这笑，从她见到他的那一瞬间起，就像忽然被激活了生命一样，一直寄生在她脸上，而此刻似乎就要从她脸上夺面而出，成为独立的生命体。

笑，成为拇指大小的小人，从她唇角走下来，翻越过她的面部肌肉，沿着她的耳廓线条散着步，好奇地翻看她的耳朵，发现——好烫；从她的耳道走入她的脑神经之树——哦，多巴胺之花千树万树地盛开……拇指小人像观赏春天一样观赏着她繁花似锦的脑丘，在她的热血下晒着暖，然后沿着她的血管滑梯，到她身体各处游玩，在她的身体中发现着千山万水……

虽然她刚刚说了一句话，然而她根本不知道自己在说什么，自从从他的瞳孔窥探到他的内心之后，她内心的火山忽然难以自抑地喷发，热情从她的面部喷薄而出……汹涌地荡漾在她和他之间的空气中，炙烤着他的脸……她丝毫没有意识到自己已经等了他两个小时，只是这样傻傻笑着，看着他，似乎世界上再也没有比这更重要的事情了。

“来，我们离开这里，我带你去一个地方。”他似乎是敏锐地接收到了她周身散发的热与喜，忽然起身，在桌子上扔下一些钱，拉着她就往外跑。

而她仍沉浸在乍见他的欢愉中，根本来不及反应，只是任由他抓着自己的手腕，跟着他的步调，冲出咖啡馆，冲到世界上去，随他拉着自己去往哪里——就这样一直跑下去也很好，跑出国境线也没关系，跑到地球另一面更好……

街上是八月的气候和作为道具而存在的人群、建筑，他拉着她的手腕，奔跑着——后来回想起来，这一幕，在她脑海中被拉得很长很长，长过了他们被西斜的太阳拉长的长长的身影，长过了她有生以来做过的所有梦，长得就像她幻想过多次的理想中的一生。

在一栋大楼的背后，他停了下来。

“这里——是我的秘密王国，”他得意地说，指给她看，“看，这矮墙，墙上的野草，野草旁边那棵歪歪扭扭的大槐树，大槐树下半倒塌的瓦房……而瓦房背后这座金碧辉煌的大厦，是不是让我们面前矮墙上的一切看起来就像是只会在童话世界存在的另一个地方……”

她顺着他的食指，在他的话语之中缓缓看过去，等他说完的时候，她感到她似乎已经真的和他瞬移到了另一个童话世界。

“这棵槐树让我想起了小时候奶奶家后院的一棵槐树，”她对着槐树的方向往前走了两步，“小伙伴曾对我说，槐树的树干是空的，里面住着仙女一家人，和我们一样，她们有精致的小茶杯，在我们生火做饭时，她们也做饭。云，就是仙女家的炊烟。”天边正好有一朵云，倾力配合着她生命中的这一刻，让她指着它，对他说出这句话。

“我常常一个人到这里来，”他看着天边的晚霞——那种似乎有隐形火花默燃的眼神令她联想到了此前他常常一个人来这里看夕阳的情景……“今天和你一起来，真是太好了。”他转过头，眼底洋溢着温柔的笑意，眼神清澈地看着她。

她有些害羞地将头低下了半厘米，而晚风恰好吹来，发丝一缕缕蒙在脸上，像某种她喜欢的面纱。就是这一刻，她内心的某个自己像是忽然被激活过来——

在她大约五六岁时，一个夏日将尽的午后，从冗长的午睡中醒来的小尤梨，从自己的卧室缥缈地走出来，到客厅，恰好遇到电视里在播放一部老电影，小小的她看到一个骑着机车的美丽女人在电视里正用自己线条优美的左腿点地，将机车停稳，然后冲着她，妩媚一笑——弯起来的嘴唇真是好看，因为嘴唇之上的双眼和半个鼻子，都笼罩在网格面纱之中……就在她小小的心灵瞬间被这种美丽所震颤之时，女人迅速回过头，骑着机车扬长而去，在女人离开后的空地上，片名逐渐放大出来：神秘女郎。

神秘女郎。这四个字就像一颗种子，播种在了她的心田……电视里的那个神秘女郎，从此深藏于她的身心深处，随着她的发育、长大而逐渐壮大，但仍然隐形到似乎并不存在……而事隔这么多年——在此刻，这颗种子忽然萌芽。原来，神秘女郎一直流淌在她的血液之中。

这一缕意识毫不经意地从她心间扫过。

她若无其事地抬起头，重新看着眼前的矮墙、野草、槐树、瓦房。在这几样简单的事物中，她不由自主地立刻想象到——也许从此，他和她会越过这道矮墙，在野草丛间走出一条路，住在瓦房里，然后在槐树的庇佑下过完一生一世……

她也不知道，这些细小到几乎不存在的、依附在某根脑神经上的想象，究竟从哪里来。夕阳的光打在她头顶的发丝上，也许，这所有一切的感受，都来自这束神秘的光。

“沿着这束光，会有一艘飞船，飞船会一直飞到土星上，然后会有一个女孩，从飞船里走下来，在土星上种满水仙花，等着她在帕玛星球上认识的恋人——小熊先生来找她……”他也看着她正在看着的太阳光，延伸着她的思维，胡乱编着童话故事……他似乎有一种将所有事物都瞬间童话化的天赋，如有神助。

而她几乎就要完全在他的童话世界里融化掉，狭隘地将故事里的女孩代入成了自己，而那个恋人小熊先生，则代入成了他……她也延伸着他的思维，看电影般在脑中构建着一幅幅情景……而她并不知道，此刻在她全身的皮肤下，那些机械工作的细胞们，已经在她这种代入的过程中都默默地认知了——他，就是她的恋人。

终于……恋爱了？她并没有这样一个明确的意识念头。而她根本来不及回望这一刻之前——那些渴望恋爱的年年月月，更没有一个合适的角度让她可以站在上面眺望——这之后将会发生些什么……她似乎是和他跌入了平行时间里的某个黑洞。就像她极爱的威廉·卡洛斯·威廉斯的一句诗：未来，早已离去；而过去，永不会发生。我们只有这个，永恒的夜晚。

她听着他讲甜腻的童话，在他牛奶般的语音中，她渐渐感到眼前的矮墙变成了巧克力曲奇饼干墙，草地变成了晶莹剔透的果冻草……她被这种温柔奇迹感动得一句话也说不出来，只好傻傻笑着，看着他。

“唱首歌给我听吧——”他似乎洞察了她内心的一切，又似乎他也不愿再多讲一句话，生怕破坏了这静美的时刻。

“好呀，你来点歌吧。我什么都会唱——”她笑眯眯地转过身，微微仰头看他。

“我就想听你唱——你现在此刻最想唱的。”他看着她笑的样子，感到自己比她还开心。

一阵晚风吹过来，吹在她身上，像是她穿的一件透明风衣，野草们开始酝酿明早的露水了。她衣袂飘飘地唱起歌来，并邀请他和她一起，到歌声中去——他们离开了此前的童话世界，去往另一个用歌声搭建起来的神奇国度。歌声从她喉咙中发射出来，牵引她牵起他的手，踩着音符一起跳跃到空中飞翔，穿越过一朵一朵云，最后来到一朵形状像大树一样的云上面，坐在树枝上晃荡着小腿，然后依然唱着歌……

她的歌声也打开了她全身的每个毛孔——每个毛孔都是一座小小火山，和心底那座大火山一起，向外喷发着炙热的岩浆……她不知从哪里来的一股能量，让她相信——也许正是因为她的这种热为太阳输送了热量，太阳才能每天按时升起、按时落下的……拇指小人也从她的血管滑梯中走出来，到她和他中间，坐下来，晃荡着小腿听她唱歌，像是他们的孩子。

太阳彻底落下去了，黑夜在黄昏中逐渐加重自己的成分，一直到他们眼前的矮墙、野草、瓦房、槐树都再也看不见，而来自繁华大楼的光，则让所有的童话色彩都褪去，将他们拉回现实世界。

“饿不饿？去吃饭吧——”他又一次拉起她的手腕，只是这次并没有跑起来，而是慢慢散着步，漫无目的地走着，仿佛徜徉在茫茫草原，而路过的一个个人、一条条马路就像一棵棵草……她只是跟随他走着，并不知道——也无须知道自己身处何地，要去往何处……

在一个僻静的院落前，他停住了，推开门，带她进去。

抓马餐厅。他们看到餐厅门口亮起的微弱灯光招牌。

他们不约而同地将视线停留在“抓马”两个字上，在各自的脑袋里构思着关于抓马的一切。

“这家餐厅的名字真有意思，就在这家吃吧。”

“嗯。”

在这一刻，他们俩脑袋中的“抓马”成为全世界的中心，在他们脑袋中，重新构建着整个世界。

他们在他们刚刚共同建筑好的崭新世界中，走进抓马餐厅，找两张靠窗的座位，坐下。点了一些食物。

“你说，他们为什么起名‘抓马’？”他仍在思索“抓马”这两个字，整个人都因为这深入的思考而发出淡淡的光。

她敏锐地捕捉到了。

“感觉很特别，可能餐厅老板有一段特别的往事吧。”她双手托腮，眼睛眨呀眨地看着他。

“一会儿我一定要问问服务员，这家餐厅为什么叫抓马餐厅，感觉一定有什么特别原因。”他想了想，忽然甜蜜一笑，补充道，“以后我们再注册什么 ID，我就叫大抓马，你叫小抓马，怎么样？”她看到他似乎正为自己突然冒出来的这一想法感到很良好，饶有趣味地望着她。

“哈哈。好呀。”他的话音刚落，她脑中立即联想到——在某一世，他们是两匹马，在一望无垠的碧绿草原上，在朗朗白云下，悠闲地一边吃草，一边散步的生活场面……以至于接下来他们吃饭的整个过程，她也总以为是两匹马在草原上吃草……

结账的时候，他还是问起了：“请问，餐厅取名抓马，是有什么特别原因吗？”

“没什么特别的原因，取自英文‘drama’的音译罢了，和旁边的剧场是一体的。”服务员笑着说，“还是第一次有顾客对这个名字这么感兴趣的呢。”

原来是这样。抓马。戏剧。并没有什么关于餐厅老板的往事——哪里会有什么往事，不过都是曾经的即兴的表演、再也不会走入的时间岔路罢了。

他们离开了抓马餐厅。

离开前，她回望他们刚刚坐过的空座位，两把空座椅敞开着怀抱，像是刚刚分离就又在等待他们回去一样。

她因此和这里建立了某种依恋，就像是分出一小部分的自己留在了这里。

然后，她转过头，在他的身边，随着他往外走。

抬头望去，虽然是在闹市，但仍可见几粒星星，微弱闪烁——她因此有了一种受到全宇宙拥戴的错觉。

他们一时间没想好要去哪里，只好在星光下漫无目的地走着。

“刚刚等我的那一两个小时，你都在做些什么，想些什么呢？”他看着前路，缓缓问道。

“读这本书——”说着，她从随身的包包里拿出一本厚厚的《人性的枷锁》。

他接过书，随意翻看着，自顾自说道：“真好！我今天好像捡到一块宝……”笑意也一点点从他脸上漾开。

她虽然不明白为什么在等他的时候读书就可以被他称为“宝”，亦不喜欢“宝”这个字，但她想到在他心中，“宝”可能意味着一种特别的肯定，于是又一次开心起来，抑制不住地傻笑。

不知不觉，走到了地铁口。

“我该回去了。”她像是周游了一圈童话国度，忽然回到现实世界。

他站在她面前，笑看着她，过了十几秒钟，终于说道：“跟我一起回我住的地方吧。”

她内心突然掀起一阵慌乱的惊喜，然而，尚存的一丝理智与习惯性的矜持，仍然促使她本能地说道：“……不了，前面就是地铁，我坐地铁回去了。我们明天还可以再见呀，甚至，以后如果愿意，天天都可以再见……”而她其实根本不知道自己在说些什么……整个人已经完全淹没在巨大的甜蜜之中，奄奄一息……

他看着她内心狂喜但又极力抗拒的反应，感到很有趣，但也只能说道："那我送你吧。"

他们肩并肩在人山人海中走入地铁——这里，就是今天的终点了。

相反方向的两辆地铁交错而过。他们正是相反的方向。

他们相视一笑。

"等下一辆吧。"他忽然毫无预兆将她一把抱住，在拥挤的人群中心。

她心底此前的那些火山，以及火山喷发的岩浆，忽然全部都融化成了蜂蜜，而他皮肤的温度闪电般快速穿过蜂蜜，传递着他心中源源不断的爱的信号，完完全全从四面八方紧紧包围了她，令她依稀感到，他怀抱外面的人群，以及整个世界，从此都不再与她有关了……

"跟我一起回去吧。"他把下巴抵在她的头发上，低沉地说，边说边将她拖往车厢门口处。

她既没有力气推开他，也本能地知道不可以，只是喃喃地说着："不行……我今天还是要回家的……"

车门开了。

他双手忽然捧起她的脸，然后极其快速在她唇上一吻。速度如此之快以至于她怀疑这只是自己的错觉，但唇上的感触明明是真实的，全身刹那间流过的电流仍在激起着一朵一朵的小小电火花……

车门关闭了。

一朵朵的电火花瞬生瞬死地在她皮肤下闪闪灭灭，她感到自己的一部分也随着这辆地铁呼啸而逝了。

而剩下的自己，刚刚离开他的吻的自己，错愕地站在他面前，仿佛初生的婴儿一般手足无措，又像一罐人形蜂蜜，充满在混沌的甜蜜感之中。

她的皮囊只是本能地微微颔着首，胡乱地挤出一个笑。

地铁一班一班地从他们身边呼啸而过，一次又一次，仿佛时间在一年一年地过去，而她正一层一层地告别从前的自己，一点一点地看着自己在一个吻之后，成为全新的自己。

“我喜欢你……”

他刚刚说了这句话吗？她已经听不太清楚了——也不重要了——话语和听觉在他们之间已经进化成了无形的电波感应，即使他什么也不说，她也什么都知道……

“跟我回去吧……”他仍在沉沉低语——之所以重复这么多遍，可能是因为他以为这句话就像一种咒语，或许心诚则灵，念叨的次数多了，她就会忽然同意。

“不……无论如何，我今天都是要回家的……”虽然她用了很坚决的措辞，内心却不停地质疑着自己——为什么不可以？是什么时候，你丧失了遵循自己内心的勇气？……

“那好吧……我送你上车……”

还好，他没有再坚持，而这时，恰好一辆开往她回家方向的地铁开了过来，混乱中，她来不及，也无法再说什么，快速跳上了列车。

然后，她隔着车窗，看着他一点一点渐渐远离，此前发生的一切就开始在心底一点一点沉淀下来、确定下来——太像一场梦了，而直到此时，与他分开，她才能慢慢接受这些已经发生的事实。

手机忽然振动了一下。

打开，是他的短信：“今晚所有的星星都落在了你头上。”

她心潮澎湃地握着手机，一股为爱不顾一切的勇气从她每个细胞中升腾而起。她想到，如果今晚她就此回去，也许余生都不会原谅自己——为什么要在这个时候丧失掉爱的勇气？为什么不能纯粹遵循自己的内心？

这时地铁已经开过了三站地。车门打开，她毅然就此下车，视死如归地去往对面，向着他的方向，跳上车，一点一点地向他靠近。

她一秒一秒地明白着马上见到他后即将发生的一切，而她已经抱着必死之心，将一切置之度外。北斗星也不能更改她的方向，最好的心脏手术医生也无法改变她的决心。

这种勇气是毫无缘由的吗？这种勇气源自哪里？求生的本能？如果她按照自己理智的命令，亲手于此处杀死今天这个夜晚，让今晚在此处告终，那存在于今晚之中的自己，怎么可能不抱着哪怕一丝生的渴望去呼救？

渴望。生命的渴望。那些已逝去的23年人生的所有的、唯一的意义，难道不是可以凝聚成对下一秒的渴望？

她常常感觉到渴。

玉米性欲饱满，站在玉米地里。花朵们打开它们的器官，吐露土地的禁忌。

地铁门打开，她一眼看到人群中正在等待的他——他的等待让她感到自己全身发出光来，与周身的陌生人群隔离开来，仿佛她和他们处于不同的时空……她飞快冲向他，一头扑进他的怀抱，紧紧环抱住他，久久不愿松开。

不知过了多久，他抓起她的手，用微汗的手心紧紧将她整个手掌握住，朗朗地笑道：“走，我们回家。”

她整个人的重量都倾斜在被他握着的那个手上了。而她的脑中，是一片混乱的空白，只隐约闻到夏末之夜混合着微凉植物香气和冷清烟火味儿的奇异气息，它们供养着她的心跳。

一阵清凉的夜风吹过来，像从遥远的三亚南海掀过来的一层海浪，缓缓将他们，以及他们眼前、身后的一切冲刷……

前生和来世，都已经远离到模糊了……

不知不觉到了他住的小区楼下，他指着上面一个暖黄窗口给她看：“我就住在那里面。”

她伏在他手臂上，微弱地微笑。

他忽然想到什么：“你在这里等我一下……”说完，他大步流星，迅速消失在黑夜中。

剩她一个人站在月亮下，呆呆望着那扇窗口，想象着他在里面的生活——也许那个窗口是一个童话国度，里面住着矮人王国，而他是矮人王国唯一的巨人，为了欢迎他回家，矮人们每天晚上都会问萤火虫借一次光……

这样想了一会儿他和矮人们的日常生活，竟觉得时间似乎已经过去好久好久了……她望向四面八方——他仍没有出现——于是时间在她脑海里又过去更久了，她甚至感到此前发生的一切已经是上辈子的事儿了……

借着恍若隔世的月光，她呆呆望向月亮——是满月，凝目细看，还能看到上面昏黄的微微起伏的山峦线条。她想到第一个登上月球的人，那个人在月球上踏出的第一步——此前，他到底走过哪些路——分别都有多少条纵横交错而又繁复无常的路联结起来，才最终引领他来到月球，致使他在月球上踏出了第一步？

就像她，此刻站在这里——有什么即将发生，离她不远——而，究竟是什么支撑她站在这里，而不是那里？为什么发生在此时，而不是在别时？

她深深闭上双眼，试图集中所有脑电波，发射到全宇宙去探索这个问题的奥秘。而她脑中的海马体们，却千军万马般朝着她奔腾扑来。

在尤梨浩瀚的海马体中，存储着关于一小块黑暗空间的记忆。

在这片黑暗中，有一小块光，随着一只手按压了一个按钮后，渐渐亮起来。

一片荧光从一块电脑屏幕上幽静地发射过来，照亮尤梨 19 岁的脸。

这时已经差不多是深夜一点钟了，宿舍的舍友们早都睡着了，只有尤梨独自醒着——她喜欢清醒。她从不让自己醉——无论是喝醉、沉醉，还是陶醉。

每每此时，她都感觉，似乎窗外的夜变成了茫茫大海，宿舍的这一块小小空间，变成了诺亚方舟一样的存在，只有她和她的电脑在方舟中，在海面上漂流着……

她乘着方舟，在茫茫海面上，等着 Alchemist 上线——无意识地——在 Alchemist 上线之前，她会胡乱浏览一些网页，或是写写日记、看个电影、听听音乐，而 Alchemist 上线之后，她才意识到，她之所以在深夜上网，就是为了等他上线。

即使他上线后，他们也并不聊天。但只要看到他的头像亮起，她就会开心起来——她知道他就在电脑的另一端，这感觉就像他终于从茫茫人海中走了出来，来到了她身边。

她依靠着一根网线，和他在一起。这是她一个人的秘密——全世界，除了她，再也没有人知道，甚至，她自己也是后来才慢慢知道的。

这种感觉源于何时呢？几乎没有一个明显的时间点。

胸衣：发育与自杀

她不喜欢他们的任何一点——无论是从他们脸上流露出的某些细微神情，还是他们日常的所作所为、所思所想，她无一不觉得无聊而且无法理解。支撑她和他们友好相处的唯一原动力，就是她明白这一切都将在三年后结束。

最初，他只是像她好友列表中的其他人一样，像这个世界上任何她认识或不认识，路过或从没路过的所有人一样，只是一个普普通通的、近乎于不存在的存在。

后来大概因为有一天，气温较低，她随口说了一句“好冷”，而他安慰她“不要怕冷，就当是吃冰激凌把冷吃下去好了”。她便从此记住了他——通过这句话，她似乎窥探到了他的灵魂世界，一如他所在的伏尔加格勒一样，有一片茫茫大雪；而他一旦出现在雪中，普普通通的雪花都即刻变成了灵光闪闪的雪精灵……

后来，再和他聊天，她也总有一种大雪茫茫的幻象。

而此刻，随着他一贯上线时间的逐渐临近，她越来越有一种大雪将至的预感，随着这种预感，她感到她白天里在同学和舍友等其他所有人面前收起的内心世界正在一点一点地打开。

他和她在现实生活中认识的所有人都是不同的。在这座学校，她唯一喜欢的时刻就是午夜，因为只有这时候，舍友们和同学们都不会出现在她眼前。虽然，白天里，她和他们的关系看起来还不错，但这仅仅是因为她明白她还要在这里生活三年，而这三年之中，除非她转学或退学，否则她是无法避开他们的。她唯一能做的就是保持安全的距离——微笑、礼貌、远离。

她不喜欢他们的任何一点——无论是从他们脸上流露出的某些细微神情，还是他们日常的所作所为、所思所想，她无一不觉得无聊而且无法理解。支撑她和他们友好相处的唯一原动力，就是她明白这一切都将在三年后结束。

即便是米露，宿舍中唯一一个她愿意与之一起上课、一起吃饭、一起散步的朋友，也仅仅是因为她不愿自己总是独来独往而看起来太突兀，才选择以这样的方式将自己安全地隐藏于他们的视线之中。然而，即便如此，同学们还是很快就发现了，她是一个独特的女生——也许是从她周身散发的格格不入的气场窥探到了她暗藏的古怪性情，也许是从她那神秘而又深邃的眼神洞悉了她难以捉摸的灵魂……如果一个人是一座博物馆的话，那么气质就是博物馆内陈列的物品，是大家能够一眼就看得到的。而自从有一次，一个来自邮局的诗歌稿费通知单在班里传来传去，最后终于传到她手里之后，她在同学们眼中的独特形象就彻底确立了起来——哦，一个诗人。这之后，逐渐地，她反而自暴自弃，索性就这样独来独往起来——如果没有朋友，孤独也是好的。且不说独来独往是多么自由，仅仅就省却下来的时间，保守估算的话，一天也至少能省却 2 小时左右……一天能有几个 2 小时呢？19 岁能有几个 1 天呢？一生能有几个 19 岁呢？

而她在 19 岁，又有多大的概率能遇见 Alchemist 呢？如果算上地球孕育出生命的概率，宇宙中存在地球的概率……她遇见他，几乎没有任何可能——就像电脑关机后的屏幕，一块绝对的黑暗。

现在，他终于上线了。这算不算一个奇迹？

她开心起来——有那么一分钟，她开心得不知所措，整个人都处于一种虚无的欣喜之中，完全不知道自己在做些什么、想些什么。

她伸出抖抖索索的右手食指，轻点按键，点击他的头像，打开了对话框，然而她根本不知道要说些什么，只是双手托腮，对着对话框发呆……

就这样不知道过去了多久——也许是1秒，也许是10分钟——时间在一个人的深夜里，是不可量化的……虽然很多年之后，她都没能再想起这一小段时间，但事实上，就在这一小段时间过后，直到之后好几年，她都处于此刻这一小段时间她正在处于的状态之中：一直在期望一些什么——然而也只能期望而已。但这些期望，却是她这段人生的源泉，是她建筑自己内心世界的原材料，是她努力让自己变更好的唯一原动力。

后来，不知过了多久，才忽然有一行字，伴着一个短暂的提示音，分别快速充满了她的视觉和听觉。

Alchemist：“你在呢。”

她的心突然狂跳起来，对着这一行字符，本能地飞快在键盘上敲击出“是呀，我一直都在呢”这一行字之后，又快速删掉，慌乱之中，她内心百花齐放般冒出了100种回复的语句，一时间不知道选择哪句更好，而内心里又担心自己延迟了最佳回复时间……终于，一分钟后，她决定挑选一个代表可爱的表情，然后，她按下了发送键。

就好像寄出了此刻内心的全部期望。

然而两分钟过去了，她望了望窗外的黑夜，又重新望着对话框——他没有再发消息过来。

她想了又想——想他出于什么原因，没再发消息过来——也许他像她一样会花时间筛选最佳回复内容，也许他突然接了个电话或是在剥一个橘子腾不出双手打字，也许他突然被外星人劫持了，也许他的双手忽然变成了藤蔓植物……于是她逐渐觉得，他可能不是一个人——也许是一幅画、一个吸尘器、一个智能程序什么的……这反而愈发令她觉得好玩起来。

“我今天渴死了我的金鱼。”终于，他的消息——来了。

她本能地对着这一行字笑起来，仿佛他正邀请她到他的宿舍，一同观望着金鱼的死亡……然后，他们会在漫天飞舞的大雪中一起将金鱼埋葬于湖水之中，静静看着金鱼被湖水冻结进冰层深处，用他们长长的目光为它举行一个微小的葬礼，然后，他们就算是一同经历过生死大事的朋友了，这强有力地夯实了他们的情感关系基础……这些细小得几乎不存在的意识电光石火间在她的大脑皮层下流动着，细小得犹如血液在血管末梢激荡起的细小波浪，令她几乎无法察觉。

她只是沉迷于他的这行话语所散发出的无限可能之中，这些无限可能在电脑荧光笼罩之下，仿佛为她营造出了另一个宇宙。

现在，她准备敲响她在新宇宙中的世界之门——她轻轻敲击键盘，打下一行回复：

“因此只好将它葬于水中？”

“然后它会被伏尔加格勒的寒冷气候所冰冻，永不腐烂。”他延伸着她的思维，默默地说——就好像是她在自问自答。

“然后多年后，它会成为化石……”她也延伸着他的思维，仿佛他们能在彼此的延伸里长出一截新的自己。打完这行字，她自己又看了一遍，禁不住一阵感动，似乎他和她真的经历了生生世世几千万年的时间后，又因为一块金鱼化石而遇见，然后，他们看着彼此，从彼此的眼神中会意了这许多年的变迁……

今晚不会成为化石，但却可以永远铭记于心。

天空微微发亮的时候，他下线了。

于是她起身，不由自主闻了闻这穿过黑夜的黎明的味道——这种凛冽清新的香气正因为夹杂着刚刚的悸动、幻想、期望而变得温柔可亲……她本能地闭上眼，深吸一口气，然后慢慢回味着——直到多年后，在她感到疼的那一秒钟之中，她身体深处的感官也依然记得这种感觉……这一点点的感觉记忆也是支撑起那个疼的一小部分。

她满足地睁开眼，然后关掉电脑，关掉自己的另一个宇宙，钻进被窝——今天是星期六，可以尽情睡到中午再起床。

她刚把脑袋安放在枕头之上，他们的聊天话语就纷纷扬扬从她的脑中飘落下来，飘进她的睡眠宫殿之中，成为她做梦的原材料。

宫殿之外，舍友们陆续醒来，起床出门，去谈恋爱，去疯，去挥霍青春——窗外一片大好春光——然而，春光都是别人的——春光只打在她的棉被上，而她却正躲在皮肤之下流动着的睡梦世界里。

快接近中午时分，她睡醒了——宿舍里空无一人。只有春日暖阳静悄悄地照射着地板，更加显得狭窄的宿舍空空荡荡。

她于是从阳光一阵阵的明媚里感到一阵失落——然而她早已习惯了这种失落，以至于这种失落似乎早已升华成了自由。

她打开音乐——Nike Cave 低沉迷人的嗓音伴着一首 Where *the Wild Roses Grown* 就飘荡开来，仿佛在这瞬间，整个宿舍大楼忽然长出了繁茂无际的野玫瑰藤蔓，藤蔓封锁了窗户、门，而她被困于藤蔓之中，渴望着恋人的救赎……然后 Alchemist 就会在她的渴望中降临，骑着白马，挥着宝剑，一把将她从藤蔓之中拉出，拉上马，从此浪迹天涯……

她沉溺于这个老套的幻想之中，竟也觉得开心。

有音乐的陪伴胜过一切。

是舍友的存在，让她更加深刻地爱上了孤独；是舍友们的聒噪，让她更加致命地爱上了音乐。

刷牙的时候，昨晚的雪花碎片又缓缓在脑海里飘荡起来。她的心禁不住因此一动，连着牙刷正在牙齿上作业、满口牙膏泡沫的脸也禁不住一笑。

她从牙齿根部的神经上慢慢彻底苏醒过来——神奇的是，每次醒来之后，睡前的记忆全部都会立刻回来——假如没有回来呢？

她总是喜欢设想这些假如。而这次的假如，就像她曾做过的一个梦——在梦中，她死去了，然而她的魂魄依然携带着她的记忆和意识存在在这个世界上，她像空气一样在空中看到亲友们围绕着自己的身体，谈论着自己生前的过往事迹，但却无法与他们有任何形式的沟通交流，更无法停止自己的思维和记忆……她因而感到了一种意识永生的痛苦……

如果真的能选择性地彻底忘掉一些记忆，人就能快速地构建全新的自我，最终成为自己最想成为的那个自己。她想。这也是她选择预约心理老师的原因——

大概是上周吧，班主任在每周的例行班会上公布，学校将设立心理咨询室，聘请专业的心理医生，有需要的同学可以预约，完全免费。之后，还发放了一份心理问题调查问卷。为了能够成功预约，她故意在某些选项上选择了极端的答案。

果然，问卷交上去的三天后，她收到班主任的消息，下周一晚上七点半，心理医生将对她进行心理辅导和治疗。她感到既兴奋又开心，兴奋的是终于可以揭开心理医生那神秘的面纱，在现实生活中接触到真正的心理学了；开心的是，如果可以，她想请求心理医生对她进行催眠，以忘掉一段不堪的记忆……

现在，她刷完了牙，洗漱完毕，坐在自己的床上，看着窗外空荡荡的春光，思绪在空中画出一道抛物线，落在了还没读完的《万有引力之虹》上——已经读到三分之一了，剩下的部分强烈地牵引着她做了一个下午去图书馆的决定。

于是她起身，简单收拾了一下，戴上耳机，一路听着 Mazzy Star 的歌向图书馆走去——主唱缥缈的声音让她感觉到几乎要脱离地心引力飘起来，一步一步好像踩在云端上……她习惯性地抬头，看看路边的泡桐树们——呵，它们仿佛只在一夜之间，都纷纷长出了来自春天的嫩芽——如果 Alchemist 此刻就在她身边，和她一起看到这些嫩芽，会有什么反应呢？想到这里，她才忽然意识到，不知什么时候起，她已经携带了一只 Alchemist 的眼睛在自己身上——她看到所有事物的时候，都能立刻联想到 Alchemist，想到他会怎么看，然后，她看到的万事万物，就变成了和 Alchemist 共同完成的观看。

想到这里，她的心就此猛烈一动——感到自己是真的爱上了他。而这时耳机里传来的正好是 *Hair and Skin* 贞烈无邪而又淫逸纵情的前奏，以及从主唱迷幻嗓音里飘出来的歌声："Your hair and your eyes，I saw them in the night；Your face, your disguise，I felt it in the night……"就在这一瞬间，她眼前的天地全都变成了以他为中心的附属品，她的心也不再是心，而是——爱他的心。她怀着一颗爱他的心，立刻又爱屋及乌地爱上了和他共同目之所及的一切：泡桐树，两排泡桐树围起来的通往图书馆的小路，图书馆里所有的书，书的作者们，作者们生活的地方，那些地方长出来的所有植物，生活着的所有人，人群间刮起的风，风窜流过的世界……全世界都因此而变得柔软可亲起来，她正在成为这个柔软可亲的新世界的一部分……

这首 *Hair and Skin*，也成为了她的最爱。她唯一的手机来电铃声。

短短的宿舍通往图书馆的小路，带她进入了一个全新的世界，旧的世界——从此，再也不会复返。

她推开图书馆的大门，感到所有的书都在书架上用书脊的书名对她行着肃穆的注目礼，她女王般享受着这种注视，穿过层层叠叠纵横交错的目光，来到熟悉的书架前，以完美的弧线抽出《万有引力之虹》，然后找一个僻静的角落坐下，随着一行一行的文字，缓缓沉入到书中的世界去了。

书外，无以数计的花朵正密谋从数枝上钻出来，人群南来北往，地球一点点自转着……而操纵这些规律背后的力量，源自哪里？也许，就源自她脑中还没凝聚成形的对他的深深的爱恋？ 4 岁时，爸爸妈妈分别牵着她的一只手走在马路边，灰蒙蒙的天气让他们就像身处古老的黑白电影场景，忽然，毫无征兆地，她看到马路上开过来一辆巨大的卡车，卡车上载着一只巨大的灰色大象，远远地向着他们呼啸而来，与此同时，掀起一阵带着巨大噪音的巨大的风，掀起她柔软的头发和小小的裙摆，她睁大自己4岁的双眼，好奇而贪婪地看着这一幕……那只大象事到如今仍然在她身体中——也许随着细胞们不断的迭代更新，已经面目全非，化作其他的事物——无论化作什么，最终都会化为一种爱他的神秘力量——这力量和操纵宇宙运行规律的力量是一体的。

此刻她只是坐在书桌前读着书，任阳光穿过大大的玻璃窗倾洒在她周身，远远望去，仿佛为她镀了一层灿烂而梦幻的金边——有个男生，正望着这层金边出神。

而她则沉溺于书中的世界，仿佛正乘着一行行文字在托马斯·品钦的脑海中遨游，她喜欢这种超越了自身的阅读体验，作为生物，她那渴望进化的心似乎比其他人都还要强烈一些……这个周六的下午也在这本书中变得更深，最后，她两手空空走出图书馆大楼，感到自己正一无所有地拥有着全世界和即将到来的整个夏天。于是她情不自禁张开双臂，仿佛要给这个新世界一个大大的拥抱。

作为一天即将终结的预告，太阳，快要落下去了。她望着天边的粉红色晚霞，仿佛 Alchemist 正隐藏在晚霞之中和她对视。她禁不住微笑起来——什么样的女孩才能被 Alchemist 爱上呢？对比 Alchemist 所散发出来的——温和的睿智、善良的博爱、带着书卷气的幽默感，她则必须成为一个——绮丽而无邪、有趣而冷艳、贞烈而神秘的女孩，才有可能在某一天，在某一个街头，在他从对面向她走来时候，在他们擦身而过的一瞬间，被他一眼看到，然后他们会像凝视深渊一样深深凝视彼此，然后就可以在这个悠长的凝视中，看透世事变幻、历尽沧桑，一见钟情爱上对方。

只有一见钟情才是真正的爱情。

而只有未曾谋面才像爱情。

这样想着，她又走在了几小时前曾带她进入新世界的通往博物馆的小路上——只不过这次是返程。而她所踏出的每一步，仿佛都是正在离她必须成为的那个女孩更近的一步。这条路之于她，竟是有着如此神奇的意义，一来一去之间，她的世界，世界中的她，皆已脱胎换骨。

这是她的革命之路。

于是她在心底默默将这条路命名为“革命之路”。

而此时，在她的革命之路上，她看着迎面而来的每个同学，目光扫过他们一张张的脸——她感到，其实任何一张脸都极有可能是 Alchemist 的……他们完全有可能是同校校友，而大雪茫茫的伏尔加格勒，也许只是他出于某种乐趣制造出来的假象……她对着每张脸，都做了一小会儿假如这就是 Alchemist 的思维游戏：这位同学头发的光泽度最像 Alchemist——如果这位同学真的就是 Alchemist，也许此刻他们会不约而同停下脚步，细细打量对方，然后从这种打量中，找到对方就是自己那位网友的证据……然后他们心照不宣相视而笑，然后他们不约而同爱上对方……而那位同学整洁的唇形最像 Alchemist——如果他就是 Alchemist，她会在他面前停下，等他好奇地看着她、非常不解之时，她会轻轻踮起脚尖，亲吻他……然而他们都只是带着一点点可能是 Alchemist 的小小特征从她身边走过去了，在人群中消失了……直到她走出校园，来到街上，看着街上来来往往的人们，仍然感到每个人都有可能是 Alchemist，她因而有种爱上了全球所有人的美丽错觉……

不知不觉间，她走到了自己常逛的一家内衣店门前，于是顺势拐进去——对她来说，如果现代都市里真的存在什么神奇场所，那便是内衣店了——无论何时，只要经过内衣店，她总会轻易被其中散发出来的神秘磁场所牵引，情不自禁走进去浏览内衣……而现在——她在几分钟前已经脱胎换骨，决心成为一个绮丽而无邪、有趣而冷艳、贞烈而神秘的女孩，那么也应该有一件同样气质的内衣，时时提醒她、塑造她破茧成蝶……

她看着满屋浩浩荡荡的胸衣，习惯性地直接穿过非白色区域，来到一小片白色胸衣区域前——她目前为止，还无法接受非白色胸衣——有其他一点点杂色都不可以。这个怪癖源于何时？大概可能是源于有一次，她想到女孩的第一次做爱，想到失贞的那一瞬间——哦，一个女孩，该怎样接受这一瞬间的发生？而这一瞬间过后，自己又该怎样才能继续存在于这个星球上？这一瞬间令她感到深深的恐怖，这种恐怖随着她胸部的发育而逐渐长大，成为她身体的内核，就像苹果核之于苹果。一直到现在，她甚至为了抗拒这一瞬间的发生，宁愿做一辈子的修女。而只有纯白色的内衣，才有可能是专属于修女的内衣——任何其他一点点杂色都会破坏这种圣洁和她的虔诚。而此刻她凝视着一件件白色胸衣，联想到这种圣洁和虔诚被 Alchemist 破坏的瞬间——她躺在茫茫白雪中，Alchemist 随着簌簌雪花缓缓降临，而后，他们又一起被大雪完全覆盖，融化于一片茫茫雪白之中……这是她唯一能接受而不感到恐惧的方式。

而眼前任何一件胸衣都不符合她的这种联想。她其实讨厌任何胸衣，自从13岁开始发育起，胸部和任何东西的接触都令她感到难受——除了空气。她幻想过在某个高级社会，所有女性服饰的胸部位置都是挖空的，这样就可以获得解放，用乳头当作第二双眼睛，时时观察着大自然……她怀着对一件完美胸衣的想象走出内衣店，沿着街道散着步——与其说她喜欢散步，倒不如说她不喜欢过早回宿舍和舍友们共处一室。她能想到唯一能让她爱上舍友的方式是有天醒来发现舍友们突然都长成了植物——米露是雏菊，其他的几位可以分别是百合、槐树、合欢、雪松……她已分不清是植物的可爱让她讨厌舍友还是对舍友的讨厌让她爱上植物，总之，这一切让她生出了一个强烈的愿望——将来毕业了，有了一个独属于自己的房间，她一定要在房间内养满各种各样的植物，只留一个床的空间用来睡觉……这样想着，不知不觉间已走过几条街，街边的樱花开得正喜，一阵晚风拂过，清甜的花香随风袭向她，她不由得被这春末黄昏独有的凄婉气息惊艳到了，情不自禁打了一个激灵，闭上眼睛，贪婪地深深吸了一大口空气，仿佛在用这气息做一场漫长的精神按摩……她呆呆地在树下站了好久好久，怜惜地捡起一瓣落花，然后打开随身包包里的日记本，将花瓣夹进日记——这是她在每个春天都会做的事，这是她挽留春天的唯一方式。

“雨横风狂三月暮，门掩黄昏，无计留春住。”她合上日记本，又条件反射地想起这句深爱的宋词——每年春天她都会想起这句宋词。而随身携带的日记本，则装载着每个春天的一部分——一瓣花。她常常在翻看日记的时候，从这些花瓣中回忆起那些春天里的自己——她无法接受昨天的自己会消失，就像无法接受一片面包会变质。因此她酷爱文字符号，酷爱用文字符号将这些自己留在纸张上。人们将这种行为称之为“写日记”。而随身携带日记本，成为她在这个阶段内让自身获得完整的唯一方式——任何时候，任何地点，只要她伸手碰触到包包里的日记本，就会明白，昨天的自己并未像冰激凌融化一样真的消失在时间里。

她双手交叉，将日记本紧紧抱在胸前，想象了一会儿从远处看到的自己站在一棵正在下落花雨的树下的昏黄画面，然后才依依不舍地走了。

可叹这青灯古殿人将老，辜负了红粉朱楼春色阑。而这么多的寂寞时光都独自挨过，还有什么理由再去恋爱呢？她穿过一行一行的陌生人群，随着夜色越来越深，寂寞在心头越来越凉……到下一个街头，她看到一个同校的女孩，正在和一个男人当街拥抱，疯狂接吻，仿佛下一秒就是世界末日。

她的心激烈一动，一种复杂的酸涩感在心底腾然而起——哦，似乎全世界的人都在恋爱，全校的女孩都在接吻拥抱，只有她一直站在落花树下，独自孤寂……也不全是孤寂——她继而想到自己的Alchemist——她的爱情必然是不同于这里任何人的，甚至是高于她自己的灵魂的。就像她爱的茨维塔耶娃的诗句：“我赋予我的爱给你，它太高了。在天空之上是我的葬礼。”

她在心底默默念了一遍这两句诗，双脚迈向宿舍的方向。

回到宿舍，刚推开门，就看到舍友们围在一起，有人正发出“嘘”的声音以提示大家不要大声喧哗……她立刻敏锐地嗅到了一种集体干坏事的气氛，于是也好奇地围了过去，只见一个舍友手中正拿着一个四方形的塑料包装袋，大家都聚精会神等着包装袋被拆开的神秘瞬间。

“什么东西？”她忍不住问。

舍友们坏笑起来。她在她们的坏笑中更加好奇了。终于，袋子被撕开了，舍友从袋子中取出一个气球一样的硅胶制品，然后缓缓将其撑开……

“这到底是什么？”虽然她似乎预感到这可能是某种性用品，然而她此前从未见过，仍然完全不能确定……这时一个舍友在她耳边悄悄地说：“避孕套……”

她的脸腾地变得火热，一个已经交了男朋友的舍友向她们普及着避孕套的用法，第一次获得这些知识的她们被惊得目瞪口呆……她惊恐地看了一眼那个气球一样的东西，然后转身回到自己的床位，拉上蚊帐——即使现在不是夏天，她仍然坚持使用蚊帐，除了她喜欢蚊帐营造出的梦幻感之外，她还更喜欢蚊帐能隔离出一个独属于她的空间。

她戴上耳机，音乐从耳道流淌进全身，抚慰着她刚刚被惊吓的心——她的确被吓到了。在她从小到大的生活环境中，一个人——尤其是女孩，在婚前，是不需要知道这些东西的——只有性无知是高尚的、纯洁的、光荣的。因此在她 19 年的经历中，今晚的确是第一次看到避孕套的样子。她想她需要一点时间好好消化一下这个事实。

她抱紧自己的双腿靠在床头，不由自主想起了自己的第一次性觉醒——大概在她 13 岁，那是一个炎夏，在一个静谧的午后，知了在树梢把所有的事物都叫得很远很远了，绊根草烤软自己的身体发出神秘香气。

13 岁的她，一个人躺在自己闷热的房间，无聊地玩弄着一面镜子。

她从镜子里一寸一寸地审视自己的脸，毛孔里的汗毛大如古树，皮肤上的痣如海中小岛，脖颈上的动脉血管是永恒的项链……她一小块一小块地看着自己，从一块皮肤到另一块皮肤，就像中世纪的探险家一点点地发现新大陆，她好奇地发现着自己，似是某种神秘的力量在暗中冥冥驱使，镜子——忽然从手中落下，跌在地板上，碎了。而正沉迷于从镜中窥视自己的她，只是捡起了随便一个碎片，继续窥视自己——

从更小的镜子中，看到更局部的自己们：寄生在一只眼上的自己，只长有一双眉毛的一个人，用脸颊代替全身的姑娘，依靠鼻子就能活下去的一种生物，用嘴唇感知整个世界的女孩……

她观看着自己巍峨曲折的唇部线条，忍不住用手指轻轻跟随着优美的唇线在嘴唇上画着嘴唇的样子；忍不住随手拿起身边的一只蓝色圆珠笔，将这唇线用真正的蓝色画了出来。

圆珠笔的笔尖是一颗小小的圆珠。圆珠在她嘴唇上滚动着，滚过去的地方，是一道蓝色的唇线。而这条蓝线蕴藏着巨大的魔力，凡它所到之处，皆令她的身体深处轻轻、悄悄涌出一些扎人的、甜蜜的、犹如开水滚开水花一般的情愫。直到后来，她才知道，人类通常将这种美妙到繁复的情愫归结为“性欲”。

那是她第一次发现自己身体里原来藏着一片大海——就像她记得自己的第一个梦，一个 9 岁时做的梦——她梦见和同伴女孩伏在塑料袋上，摇摇晃晃地漂渡大海，她们一点一点地漂着，过去的世界越来越远，她们越来越往前，而前面未来的世界也同样越来越远……海水荡漾着身体，身体回应着海水的荡漾……

然而这些性欲在她身体中自生自灭，始终只是她一个人的事情，更是她羞于向任何人启齿的事情——哪怕是向自己的日记本。

她打开日记本，放在床用小桌上，开始像往常一样写日记、写诗——每天写一首诗，写一点日记已成为她证明自己活着的唯一方式，更是她逃避内心深深恐惧的方式——我到底在恐惧什么？每次写日记时候，她都禁不住深深问自己——

她不禁又想起自己 13 岁时候，对着镜子看到自己腋窝长出第一根人毛的恐惧。为什么这根毛一夜之间能长到这么长这么黑？而如果继续这样下去，过不了几天，我会不会长成一个满身是黑毛的怪物？小小的她把自己关进房间里，躲在漆黑的被窝里，想到满身黑毛的自己该怎样和小伙伴们跳皮筋、扔沙包，又该怎样继续若无其事地吃饭、洗澡？当黑毛遍布全身之时，还需不需要再穿衣服？为什么别的小伙伴没有这种黑毛……小小的她对整个世界充满了恐惧和失望。她听到大人们四处寻找她的焦急对话，却仍然心安理得地继续躲在被窝，享受着自己的恐惧和大人们的关心……直到几小时后，奶奶打开房间的灯，发现她在被窝里，惊喜地一把抱紧她，继而质问她为什么要躲在这里，为什么明明可以听到仅有一墙之隔的大家到处寻找她的对话，而仍然默不作声躲在被窝……她只好撒谎，说自己睡着了——天知道，即便只有 13 岁，她骨子里那种对爱的贪婪竟已到了如此不择手段的地步……而现在，6 年过去了，她已 19 岁，腋窝的人毛已经基本成型，她也早已明白自己不可能长成满身黑毛的怪物，但她的恐惧为什么从来没有真正停止过？她怕太阳追上她，超过她，而每天写下的日记，则证明了自己仍是跑在太阳前面的。而写下的诗，则像她发现的第一根人毛一样——让她能够以此坚信自己必然是不同于其他人的怪物——在她的观念中，这预示着她将得到比其他人更多的爱。

她在日记本上记录下今天读《万有引力之虹》的感悟，以及爱上 Alchemist 的心路历程，那段美丽的图书馆之路——她的“革命之路”，然后，她小心翼翼署上今天的日期——这个数字让她避免了自己在时间中被流失的恐慌，而正是这个数字之后，明天的太阳升起之前，才让她有种跑在太阳前面的幻觉——这幻觉是支撑她不至于崩溃的唯一中坚力量。

然后，她合上日记，闭上眼睛，在脑中构思着诗句，就像在内心世界构建一个花园——随着日复一日的“努力”，她能直接感受到，现在，这个花园已经繁茂到形成一个自生态的境界了——泉水涓涓细流，酝酿成雨珠藏在云朵里，在诗歌里成活的植物们欣欣向荣，向日葵烂漫、薄荷清幽、桃花甜腻、古树壮丽……还有来自 Alchemist 的那片茫茫大雪，以及一直站在大雪中永远向她敞开怀抱的 Alchemist——虽然她什么也不对他说，但是她知道他什么都知道，甚至，他比她自己还要了解她自己。

现在，这座花园已经竣工——任何时候、任何地点，只要她愿意，随时都可以进入这座花园寻求庇护，不受外界任何影响。

这是她长久以来慢慢发现的，能让自己更好地融入到外部世界的唯一方式。

她温馨一笑，仿佛散发出心底花园的香气，在诗集本子上一个字一个字写下：

我就要这样爱着你老去

我在年轻的时候，爱着你。

当我不再年轻的时候，我想我还是依然爱着你。

这样，我便没有老去。

我以这样的方式，面对衰老。

我以我面对死亡的方式，爱着你。

……

就在她沉溺于诗句中兴致盎然之时，忽然，她敏锐地感觉到周围的气氛似乎有些不对劲儿，于是她从自己的小世界抬起头——天啦，她看到一小撮火苗正从对面舍友的酒精锅里迅速扑过来，扑到自己的蚊帐上，而说时迟那时快，另一个舍友立刻拿起扫帚，对着蚊帐上的火苗一阵猛扑……她本能地一把摘下耳机，从自己的床上跳下来，才明白是舍友用酒精炉煮面条的时候，在火苗还在燃烧的情况下往里面添加酒精，而那个闯祸的舍友此时竟然还大叫着让大家去打水……她顾不上嘲笑舍友的无知，只是高声阻止道："不要用水！快用湿毛巾盖住炉子！"

一番手忙脚乱之后，火总算熄灭了。

她瘫坐在床上，发现蚊帐被烧出一个大洞，从这个洞中，她窥探自己的床，就像照镜子时从自己的瞳孔窥探自己的内心。她发现，原来她已经专注自我内心到几乎不受外界任何影响的地步了。她一把扯下蚊帐，毫不犹豫地扔进垃圾桶，连同过去的自己一起——内心花园的栅栏业已建成，不再需要这些外在物质的帮助了。

她再次微微一笑——

每当她微微一笑的时候，Alchemist 就在她身体细胞的笑林中缓缓降落——到心底。再然后，大雪会下起来，直至茫茫一片

她不由自主地打开电脑，看着他的头像，像看着他就站在自己面前一样。她想到，在茫茫的未来，必然会有那么一天，她将出现在他面前——她想，那大概会是在一个春日将尽的街头，他向东而她向西，相向而过——她怀抱着这么些时间以来对他累积的所有心事——而他对此一无所知，毫无察觉，在他们错身而过的那一瞬间，她将若无其事地窥探他的侧脸，期望他能会意到她潜藏的动机，然而他对此仍然浑然不觉。

他们只得这样背道而驰，渐行渐远——然而对她来说，她遇见过了，并在遇见的瞬间，付出了自己全部的深情于他们之间的空气之中。

未曾谋面才像爱情。她合上电脑。

这才隐约听到，舍友们正在开一夜一度的卧谈会。一个舍友向大家分享着今天的恋爱经历，她只觉得无聊——但仍然是羡慕的。然而她已忍过了这么多的寂寞，那么她即将降临的爱情必然是不同寻常的，超越所有物质之上的——她闭上眼睛，默默勾画着 Alchemist 的面容——他的眉、他的眼、他的唇、他的脸、他的身躯都逐渐在脑海中清晰起来，生动起来——就这样，她来到眼前的黑暗中，和他相会。

“你知道烟花有几瓣花瓣吗？”她想她对他开口说的第一句话，大概会是这句。因为这句话在这种境况下凝聚了她对完美二字的全部理解。

“17。我想它有 17 瓣。”她想他会看着她的眼睛，眼神笃定地这

么回答她。

然后他们通过彼此的眼神，心照不宣地明白了彼此的心意——17是她的幸运数字，这是他深知的，并且在他回答17时候，就已经在这回答背后对她承诺了他愿意永远为她制造无穷无尽的幸运……不知过了多久，她怀着对他各种漫无边际的遐想，终于沉沉睡去。

她的身躯迅速被睡眠散发的微弱光芒所包围，而在这无形的光芒之中，无以计数的她，正从散发着缕缕睡气的毛孔中飘散出来，到空气中，又四散而去——有的飞跃宿舍的窗棂，到图书馆书架前，翻开她白天看过的书，延续着白天看到的字字句句，继续往下看；有的飞过整座城市上空，跨越大半个中国，来到三亚，去看她一直深爱但从没真正见过的大海——这次看到的海是六芒星形状的，海水在月光下闪烁着粼粼银光——银光之中，她依稀看到4岁时候梦中的自己，一辆没来由的马车载着一只不知哪里来的猴子一直向北奔走，令4岁的她追着马车向前跑……一直到现在，她仍没追上那辆马车……而这种没追上马车的恐慌和怪诞感，令她不由自主扑向粼光，坠入羊水般温柔的海水中，缓缓下沉，下沉——到更深更黑暗的海底——啊，这无边无尽的绝对黑暗，这无知无觉的终极幻灭……她彻底进入死亡般的睡眠之中。

床上，她的整个躯壳正在她的脑海中逐渐下沉，没入潜意识之中……她正在这个世界上一点点消失掉……有谁记得她曾在这个世界上存在过吗？在遥远的伏尔加格勒，有一扇亮着昏黄灯光的小窗口，窗口中有一个男人，正对着电脑，点开她的头像，在对话框上发送消息——他记得她，他所知道的她，才是她真正想成为的她。她在他对她的认识中勤勤恳恳地重塑着自己，并为这个新的自己建筑着内心庭院，一厢情愿地邀请他一起居住，共看月升月落……等待每天的黎明用它的蓝色将这一切轻轻覆盖、沉潜、尘封，再等待太阳用它金色的光将这一切再次开启——

她缓缓从睡眠的深渊中浮上来——这神奇的浮力来自哪里？推动她血液流动的动力又来自哪里？……她层层穿越过这些累积了19年的终极疑问，依稀中，凭着自己作为生物的本能，一点点迎向阳光，一点点醒过来。

她看到阳光静静落在窗棂上——就是昨晚梦中她飞跃过的那个窗棂，而春日早晨特有的清甜甘洌空气正缓缓在窗棂间流动——她正在这之中完成自己每天一次的新生。宿舍里很静，能听到舍友们均匀而参差不齐的呼吸声，她看了一眼手机上的时间——6:11，于是翻了个身，闭上眼睛准备继续睡，脑袋里却不由自主地想着今天——啊，这一生中仅有的今天啊，该怎样度过才好？

就在这时，昨晚的马车之梦和今晨的春日气息又一齐向她袭来，令她情不自禁地想到了在不远郊区就读的一位老同学方均——每次去郊区和方均相会，都需要沿着一条条闹市街道渐渐通往依依墟里烟的城市边缘，大棵大棵的绿杨树站成两排，浑身清凉地迎接着她，撞击着她的灵魂，洗礼着她——它们是这条路上最高的神，让她成为植物教徒，信仰伟大的自然。而在昨天刚刚完成自我革命的她，只是想去那里问问自己的神——神啊，你可否喜欢现在的我？想到这里，她下意识地从被窝深处伸出右手，抚摸自己的脸颊——哦，这人类最明显的自我特征，为什么不能跟随自我的变更而变更？在她5岁的时候，她幻想过人的皮肤是可以脱下来的，然后只要在脱下皮肤的过程中足够虔诚地想象着脱下后自己的样子，那么就会真的成为那样子。虽然脱下皮肤这件事在她 19 年以来的人生中从没发生过，但她始终坚信，那些想成为的样子，还是一直都躲在皮肤后面的。这瘦削的脸颊后面，这巍峨的鼻子后面，这深渊般的双眼后面，都躲着怎样的尤梨？其中哪一个，才是能和 Alchemist 一起肩并肩走下去直到人类灭亡的？

想到这里，她猛地从被窝起身，伸了个懒腰，准备起床了——这个问题，渐渐成为了她每天的起床动力。

然而，洗漱之后，她看向自己昨夜躺过的地方，仍保持着自己躯体形状的浅浅压痕——那压痕似乎正对着她发出强烈的拥抱邀请，她感到自己的双腿仿佛有了自我意识一样，径直走到床边，然后她整个人也跟随双腿的意志，不顾一切又躺到了床上——哇，这失而复得的温柔，这人间天堂的完美诠释，简直令人神魂颠倒……她简直是视死如归地沉浸于这赖床的美妙愉悦中流连忘返……她感到自己全身的肉都因为这温柔而变得比棉被还温柔了……这种温柔在她全身的四五百万个毛孔里种出四五百万棵含羞草，含羞草们正一齐在她全身收缩，再伸开——打开她身体每个隐蔽的角落，注入一万毫升的蜜柔。她在这蜂蜜瓶一样的世界中缓缓下沉，而与此同时，橘色的巨大朝阳正在窗外逐渐升起……她感到自己正一个细胞一个细胞地在这温柔甜蜜之中一点点分解掉，融化掉……她逐渐再也感觉不到自己任何方式的存在……就这样，她终于又沉沉睡去。不知过了多久，她感到自己穿过了一条漆黑的长长的隧道，才发现自己是在一辆车上，透过车窗，大片大片青绿的麦田，哦，麦田——这正是自己和那个人在 17 岁时常常翘课抛下朝阳骑着单车然后在大棵大棵麦苗中央躺着看小说、听音乐的那片麦田呢……随即，那麦苗的绿向四周发散的野青味，以及春末夏初泥土特有的香味，在她脑中迅速还原了那场景，栩栩如生……她依稀间突然丧失了 17 岁之后的全部记忆，完全又成为了 17 岁的她……她天经地义地从车上跳下来，径直朝麦田走去——她知道那个人依然在麦田中心等着她……她的心忽然间又充满了 17 岁时候的那些惊喜……终于，终于又可以再见到他了……哦没错，这里的一草一木、一事一物都依然散发着 17 岁时候的完美清香，并在这些清香中向她传达着：它们仍记得关于她和那个人在麦田里说过的所有话，做过的所有事……她的心腾地蒙上一层眼泪般湿润的雾气，然后，她看到那个人就站在自己前面，随着一阵谜一样的风，鬓角的发飞舞着，对着她回过头，她看到那个人的脸，从侧脸到正脸，从隐约模糊到渐渐清晰……啊！是他……她的心猛地一疼，巨大的泪水海啸般在眼眶中疯狂汹涌着——一颗承载她巨大悲伤的巨大的泪就要涌出——它如此巨大，竟无法从泪腺分泌出，只得从鼻孔处流出……两滴巨大的泪滴在自己的手背上，她抬起左手问那个人：你见过这么大的泪吗？大到泪腺无法分泌只得从鼻孔处流下？然而那个人已不见——如果那个人不见了，谁来回答她这个问题？谁来原谅她？她还没有忘记那个人……她在这些层层叠加到无以复加的问题中飞快逃离麦田——如此之快，竟在肩上生出了双翼——啊！她蜕变成了蝴蝶，飞向全世界寻找着那个刚刚不见的人……然而整个梦中已经找遍——没有，她于是飞快逃离这个 0 即是 0 的可怕梦境，去另一个世界寻找……终于，她惊醒过来，回到现实世界……

0 仍然是 0。她躺在深刻的绝望之中，看到阳光空无地照在地上，映出晨起舍友的影子。她盯着光和影交界处发呆，回想着刚刚的梦境，而心仍然是泪水般潮湿的……竟在梦中流了那么大的眼泪，她呆呆想着，为自己感到可怜，心里一热，泪水从两只眼的眼角溢出，缓缓滴在枕头上。她翻了个身，似乎想甩掉这些不堪的记忆和梦境，然而她能做的只是打开音乐，住在那个女歌手深夜霓虹街道一样的喉咙里，就这样得到一些庇护和安慰。

一曲终了，她合上耳机，掀开被子——她早已训练自己学会了在歌曲结束前将悲伤终结的高级技能。然而却也无法再睡了。

恍然若失。这是每天起床后最本能的感觉。因此她喜欢博物馆——她曾幻想过宇宙间有一座博物馆，装载着地球上所有人所丢失过的所有事物，总有一天，这些人能以一种什么方式来和这些事物再重逢……否则，一个人该怎么样才能接受失去呢。她捧起一捧水，掬到脸上，感受着水从脸上清洗一些什么的过程——啊，这来自大自然的水，每天带走她一点点人皮的过程。

舍友们照例都去恋爱玩耍挥霍青春了，而她照例还去图书馆，继续着她的《万有引力之虹》。昨天的革命之路和今天又什么不同？她又抬起头看那树上的新绿——比昨天旧了一点点——就在这一点点的旧中，是她对 Alchemist 的爱情又长了一点点、深了一点点。她确认着，从而感到一种稳固的安全感。

图书馆的大门开向她的心，每次进入图书馆的那一刻，她总有种快要遇见自己灵魂的深切预感——站立在图书馆中央，她感到自己的灵魂，被图书馆一本书一本书地分碎了。

现在，她从书架上抽出《万有引力之虹》——她试图从这本书中粘好自己被分碎的灵魂。翻到上次读到的地方，忽然，一张字条赫然出现在书中——这张字条出现在这里让她感到就像黑色出现在一条彩虹里一样不合时宜。然而出于基本的好奇心，她还是打开了字条——

尤梨：

你好，请不要惊讶，我知道你不知道我是谁，然而对我来说，认识你，已经很久了。我猜你今天仍然会来图书馆读这本书，然而这可能性仍然只有50%，如果你来了，我在第三排靠窗位置等你。有一只苹果作为标记——在所有水果中，只有苹果最像你，虽然你的名字是尤梨。

她对着这几行字反复看了十几遍，才终于渐渐明白这些字句在说些什么……原来，在她自以为独自走过寂寞人间之时，有一双目光一直在背后默默关注着她……而这被人关注、被人接近的喜悦刹那间将她送往喜马拉雅山巅，她在这极高的巅峰之上，忽然获得了全新的视角，以此来重新看待这一段生活——哦，在她独自默默饮下冰水，以为人群存在的唯一意义就只是为了营造她的孤单感，感到辜负了“红粉朱楼春色阑”之时，竟有个识翠人儿在人群中注视着她、独自默默等着她……这突如其来的关注证明了她过去的生活并不全是空白的虚无，这突如其来的关注如此没用地充实了她过去的生活，她想因此感动一下，然而也并未因此感动——感动是耻辱的——因为造就这感动的人，不是 Alchemist 。

她收起字条，却感到自己陷入了十面埋伏之中——那个送字条的人正在某处看她。她感到这无形的目光和空中的光一样无所不在。

该怎么办？她双手紧握着书，似乎那是她在世界上最后的救命稻草，而整个图书馆安静得充满了她心跳的巨大回音，让她感到自己其实是站立在自己的心脏中……她脑中的第一本能反应是放下书，然后埋头匆匆逃离图书馆，然而，在她小跑到靠窗座位处的时候，一只鲜亮的苹果怔怔地出现在桌子上，明目张胆地等着她。她全身心都本能地往后一缩，却在不经意的抬眼间，命中注定似的正巧碰上一双明锐的目光，正灼灼地直面迎向她慌乱而微弱的目光。

她讨厌这种毫无预兆以致来不及躲避的目光骚扰。然而面对这目光背后那张谦逊腼腆的笑脸，她仍无法脱离意识形态地回以礼貌一笑。继而，那目光的主人用连贯得让人怀疑动作自己有了自我生命的动作，示意她坐到他身边放了苹果的座位上来。那一举一笑，似乎有着某种隐形的魔力——想必这也是他在自己过去一二十年的人生里苦苦修炼出来的吧，这魔力牵引她自然而然地走向他和他过去的一二十年人生——自然得让她瞬间忘了刚刚派生出的所有无谓恐慌和紧张。她感到那些透过窗户的光逐渐照射到她脸上，她想象着自己被阳光镀上一层浅浅金边的模样，不由得浮出一个梦幻的微笑——这种梦幻感从唇角的微笑顺便遍布了她的全身。她浑身带着梦幻的微光，在他身边坐下。

就在屁股接触到椅子的一瞬间，Alchemist 忽然又在她心底风雨弥漫的花园地散起步来，她不得不分离出一个自己，到心底，陪着他一起无所事事地，只是随意走着。她感到自己的面容映射着心底的这场茫茫大雪——如果此刻身边的这位男生能看到，那也许他是值得交往的。

“我叫徐舟。”她看到他递过来的草稿纸上，跃然写着几个隽秀的黑字。比起直接用语音交谈，她的确更喜欢默默用写下来的文字交流——如果是谈话，她可能不会说出“你好，很高兴认识你”这句话，然而将这个句子写下来，却仿佛和说出来的表达的不是同一种意思。

她感到他的微笑，并感到这微笑向四周溅出蜂蜜来，且不经意间自己身上也被喷洒了一些。而她只觉对这种甜蜜感到一阵轻微的恶心——她在极力控制自己对这个毫不喜欢的人不产生任何一丁点儿的情感，已产生的部分，则被识别为负面的垃圾情感，然后由记忆系统过滤掉。

她享受着自己身为人类这种生物的优越智能，一边小心翼翼地和徐舟建立着关系，一边天诛地灭地毁掉这关系。

“第一次见你，也是在图书馆。看见你的第一眼，我感到整个世界都安静了。我喜欢你身上散发的这种安静气质。”他把草稿纸推到她面前，然后有些羞涩地低下头佯装看书。

安静……的气质？她感到字条里被表白的那个女孩，不太可能是她。转而又想，也许他所谓的安静的气质，就是指那场在她浑身上下随时可能会下起来的茫茫大雪——他没看到雪，却看到了雪的静。

“你知道烟花有几瓣花瓣吗？”她想到这个以前在自己幻想中曾问过 Alchemist 的问题，此刻却忍不住也问问他——也许从他的答案中，能找到 Alchemist 的影子。

“呵呵。这个我真不知道，没数过。”

无趣的回答。她对着草稿纸发呆，即刻起她已知晓，和这个男生之间，毫无任何发展的可能。可惜她也尚未修炼到即刻掉头就走的段位。于是只得假装一切如常。然而对着草稿纸，却冥思苦想不知道再写一些什么好。幸好徐舟这时抽走了草稿纸，她才如获大赦般在心底松了一口气。

“你呢，你知道有几瓣吗？”徐舟可能也略感到自己之前的回答太带有话题终结的意味了，于是顺势反问她。

她喜欢这个反问。因为这样，她就有了一次回答“17”的机会。而这个回答一旦脱口而出，即成为证明她和 Alchemist 之间所有完美的呈堂供词。

“17。”她畅酣淋漓地在纸上写下这个数字，感到心底分裂出的那个自己和 Alchemist 已经在风雪中踏上了红毯，飘舞的雪花就是她的婚纱，四面的风声就是她的礼乐……沿着他们身后的所到之处，迅速开出一朵朵有着 17 瓣花瓣的花，然后整个世界都围绕着这一串花而重新排列，万事万物因而有了全新的秩序……

“你数过，真可爱。”他写完这六个字，似乎对自己的反问以及这句适当的赞美感到很满意。而她的无聊感在看完这六个字之后则增加了至少六倍。然而一切仍要——至少在表面上仍要，继续下去——

“只是因为我喜欢 17 这个数字。”她淡淡地写道。然而她整个人其实已全部进入内心的花园了，剩下坐在他身边的，不过是一副虚设的空皮囊。而他显然没看出她的心不在焉，或者即使看出，也无可奈何，于是他只好抱紧所有希望，在纸上写下：

“为什么是 17 ？这背后有什么故事吗？”他以为，只要他多问，她便会多答，然后他们便在这一问一答之间，付出了彼此的时间和精力，甚至如果足够幸运，还能交换彼此的往事。他却不知她早已对他丧失基本兴趣。

“不为什么。没有。我还有事，下次再聊。”在这里终止是最好的。她想。写完这句话，她毫无预兆地迅速起身，绝尘而去——她能感到空气里的灰尘随着自己的离开，快速埋葬了这十几分钟内发生的一切。

到图书馆门口，她再次看到了自己的革命之路——泡桐树们依然兵分两排，似乎在随时迎接她走入，而 Alchemist 永远都在路的尽头等着她。想到这里，她欣慰一笑。然而，要因此离开图书馆吗？

她不喜欢因为一个无关紧要的人而改变自己的行程。于是她若无其事转身，放空目光，面无表情，再次走回图书馆，却正好遇到追着她出来的徐舟。

徐舟显然没料到她还会回来，一时间不知说什么好，只是将刚刚放在桌上的苹果塞到她手里，有些不好意思地笑道：“我只是想把这个苹果给你。”然后不好意思地走——几乎是跑掉了。

她差点被他这种不好意思逗笑了，然而她又立刻感觉到，真的对着他笑出来，也没什么意思。于是就这样把笑忍回去了。她像握着一杯空气一样握着苹果，回到了之前的座位上，翻开刚刚的书，继续走回托马斯·品钦的大脑中，探索着《万有引力之虹》的世界。图书馆，连同图书馆所在的现实世界，又一次在她周身悉数消失殆尽。

饥饿感曾在此间隙偷偷袭向她，而在她全神贯注于一行行文字之时，饥饿感则在她的全神贯注之外，正在成为一种虚无的缥缈感——她没有感到饿，只是感到浑身开始轻飘飘，仿佛肉身在人间正一点一滴地消失掉——而这感觉让她和书中的世界贴合得更近了，她感到自已成为了字与字之间停顿的部分，正是因为有了这些停顿的存在，才让这些字组成词，连成句，表达出了它们应有的意思。她成了这书的一部分。

书之外，阳光变幻着角度为她照亮书页，改变着阴与影的交错变幻。直到阳光累了，月光和灯光替换了它，重新照亮了书页，重新创造了阴与影，她仍然飘荡在字里行间遨游……哦，太阳追赶着她，月亮追赶着她，怎么办啊——作为人类的她，原本就是时间的化身。

直到图书管理员过来敲敲她的桌子，她才回过神来，明白已到了关门时间。

她不得不合上书——同时快速分裂出一个自己一起合进去，然后恋恋不舍地起身，一步一步地走出图书馆，一步一步地和这个自己告别。

月光下，左手中的苹果发出苹果光，泡桐树发出泡桐光，她的革命之路，发出革命之光……这些光在阴影中悄悄照亮着她，让她发出“尤梨之光”，而远在伏尔加格勒的Alchemist，如果此刻正好也抬头看——无论看到阳光或是月光，他是否能从这光中分辨出一丝的“尤梨之光”？想到这里，她激动地抬头凝视月亮——月亮的存在，是为了证明我们生活在同一片月空下……她的心愈发激动起来，一些意象、词语、情景开始在她脑海中疯狂涌动，沿着她的思维一点点地成形、迅速地排列成一行行的文字：

如果特别想念一个远方的人，我会

看看月亮。然后假设他也在看。

所以，只要还有月亮在升起，我就从不曾
感到与谁分离过。

啊，由于这些文字符号在她脑中的诞生，她感到自己正无限接近着神，传达着神的旨意，同时这几句诗正带走着她身体中承载了这几句诗的细胞神经们，就像一次净化、一次洗礼。她因此又一次完成了自我的革新，她又一次发现泡桐树的叶子原来是绿色，又一次发现自己是活在地球上呼吸着……她快速穿过夜色中的一切，回到宿舍，将这几句诗记在每时每刻都随身携带的“诗集”日记本上，她丝毫没有意识到舍友们的喧闹，一切遥远得仿佛来自另一种世界。

写完，在标注日期的时候她忽然想到，多么感激神赐予她的这些灵感，让她能够这样一个日期一个日期地活下去——但假如，有一天这灵感再也不降临了，又该怎么办呢？

她从来不曾相信过会有这样一天。就像萨冈一生都不曾缺过钱一样，她认为她的一生是不会缺灵感的——既然神在此时选择了她，便永远选择了她。她一如既往地戴上耳机，在音乐中开始一日一度的写日记。苹果散发着苹果香，引诱她生出吃掉它的念头。她看了一眼那苹果——索性捧在手中端详起来——哦，这不再是一只苹果，而是承载了表白的苹果，那么它的味道必然也是不同于一般苹果的。她感到自己洁白细小的牙齿轻轻在它身上咬下去——苹果的味道即刻从她的唇舌间弥漫至全身——闭上双眼，她感到自己仿佛去到了苹果园，在苹果一点点在她身体中扩散着苹果味的过程中，仿佛看到了苹果一天天如何在枝头一点点变大、变熟。就像12岁的夏天，有天傍晚，她无意间低头，透过自己薄薄的 T 恤衫，忽然看到自己的胸部，微微突出像一枚红枣。她为此感到害羞而又好奇，忍不住用手指轻轻按下去，竟然像桃子深藏着的桃核一样的感觉，同时发出微微的肿胀感——这无可挽回的肿胀感令她本能地感到懊恼——她的童年至此无药可救地结束了。为了向人们掩盖这枚枣正在一天天开始变大的恐慌，那天傍晚起，她走路开始微微含胸驼背。直到整个发育期末尾，她发现自己爱上 Alchemist，才开始严格纠正自己的走姿。就像她 4 岁时，以为电视机里面上演的生活都是地球另一边人们的真实生活，电视机只不过是一种遍布全球的，好让人们能够看到彼此生活情况的直播机器，于是她想到，她家的电视机也正在向地球另一边的人们直播着她的生活呢，于是她时时提醒自己，说话要像安徒生童话里的公主那样可爱，走路要像小红帽在森林里采野花一样好看……因为地球另一边的人在时时监督、观看着呢。而十多年过去了，现在她走在路上，已知道了电视机的真相——并没有什么人在观看自己。但现在，也许迎面而来的每一个人都有可能是 Alchemist，这，便是支撑她每分每秒都纠正自己走姿的唯一动力……她在日记上记录下这些感想，直到整个苹果都融于她，她才发现今天的日记亦融入了苹果的味道。于是她露出欣慰一笑——终于又活完了一天。而这天收到的表白，令她更加思念 Alchemist。于是她躺下，而另一个她就站在她的乳尖上，眺望宇宙。

她打开社交账号，凝望 Alchemist 的头像——在这头像背后，他在做些什么呢？像她凝望他的头像一样正在凝望她的头像吗？不太可能；在看那部几天前他们谈论过的电影吗？不太可能……她点开对话框，迫切地想要他知道今天自己被告白的事情，却又思前想后无从说起，最终，她只好习惯性地将这件事隐藏于“今天，风带走了我的丝巾”这句毫不相干的话中，并期望他能水中捞月般会意到她潜藏的动机。

“春天的风。我这里也是春天了。”他几乎是秒回。仔细想来，他几乎每次都是秒回，这让她更加怀疑其实他是一个机器人，或是外星人……然而她已经决定了——无论他是什么，她都将义无反顾爱下去。

“我这里的风就是从你那里刮过来的……然后我的丝巾和它私奔了……它们结伴一起，去把春天带到更远的地方了……”她陷入自己编织的谎言中，借着这些虚构出来的事物，隐晦地表达着自己的情感，并乐此不疲。

“春天就在那，小朋友的眼睛里。”读完他的这句话，她才恍然后知后觉地对号入座，感到自己就是他所谓的“小朋友”，她的心忽然一动，整个人仿佛都被他这个隐匿的昵称攫住了，像是真的变回了五六岁时无忧无虑只懂被爱的名副其实的小朋友……她在这突如其来的童真中沉溺了一小会儿，然后才猛然想到，马上要错过回复的最佳时间了……

一旦错过了回复的最佳时间，句子就会在延迟的时间里一点点死掉，而后，就算再怎么回复企图拯救，那已经是另外一回事了。而句子一旦死掉，句子所承载的情感便会在心中凝结、化雾、消散……她不要任何一个句子有死掉的任何可能……

“我希望春天可以永远不走，这样花朵就永远不会凋谢。”就像她心底的那座花园，虽然会下雪，但永远是春天，永远百花盛开。

“花不落，花就不美。”他的口吻像某种上帝。

花瓣离开花朵——该怎样才能接受这一过程的发生，她尚未学会。因此她还无法欣赏不落就不美的花。然而她又一次欣喜地感到，他们正沿着对话，渐渐走入一个只有他们两个存在的世界。她是如此喜欢这个世界，喜欢得把它整个搬进自己内心的花园中。

“但果实是丑陋的，是伤疤。”这的确是她无法接受花瓣离开花朵的原因之一。就像更多时候，她面对孕妇，感到的是深深的恐惧：人，为什么要在自己的身体里分娩出另一个人。在那黑漆漆的子宫里，一个生命神神秘秘，一点一点长起来……这种混沌的未知她反反复复想过很多次，时而觉得毛骨悚然，时而觉得这过程就像洪荒宇宙中，那些永恒的黑暗的沉默一样，令人绝望。很长一段时间，她对这个世界最深的恐惧，就藏在孕妇那日渐凸出来的肚皮之下。“我希望永远不要结果。”她补充道。

“莫非你不爱吃苹果？”他居然说苹果——这算心有灵犀吗？她想到，正是她虚构的那阵带走了她丝巾的风，将她的脑电波信号吹送到了他身边，受脑电波的影响，他下意识地想到了来自她意识深处的苹果。世界真奇妙——只有每次面对 Alchemist 时，她才会，并且总会这么认为。

“苹果是别人的结果，对我来说，我不喜欢结果。”她解释着，不得不小心翼翼地划分着自己和这个世界之间的距离，“所有味道中，苹果味最令我有故乡之感。”她回想起自己最初对苹果的认识，是源于白雪公主吃下的那一口毒苹果——从她第一次听到这个故事起，苹果在她脑中的形象就一直是亮晶晶如红宝石一样的，然后，公主因为吃掉一口这样的苹果，于是有了一次被人拯救的机会……可能从那时起，在她幼小的脑海中，就埋下了“吃苹果意味着被爱”的意识，所以她一直都热爱吃苹果，而被她吃下的那些苹果，每只都用自己不同的苹果味儿陪伴着她一岁岁长大起来，说苹果是她的故乡，没有任何一草一木会反对。

“我的故乡在三条田，那个我再也回不去的地方。我祖父母的骨灰就撒在那里，将来我的骨灰也许也会撒在那里。”她沿着他的话语，在她的想象中和他一起回到了他的三条田，向他的祖父母敬以缅怀之礼，并竭尽所能地打量着这方孕育出了这个世界上她最爱且唯一爱的人的土地，仿佛通过这打量的目光，就能穿越时空回到孕育他的最初，和那时的万事万物一起，参与着他的成长……就在这一瞬间，他们便担当起了“青梅竹马”四个字，她的心一热，感到一种一厢情愿的满足。

“如果有一天我自杀，我觉得最完美的死法是偷偷溜进某个待发射的卫星中，然后和卫星一起，冲出大气层，来到茫茫宇宙中，化为一颗星星。”她也没有预料到自己会在此时和他分享自己对死亡的想法，而这个想法很明显透露了她不止一次设想过自杀——她在一次次对自杀的设想中，一层层更加接近了生命的本质。最初，她设想过土葬——大地将用自己永恒的生命力接纳她的死亡并拯救她的灵魂。而且，她所热爱的植物，都孕育于土，如果她安葬于土，灵魂归于最爱的玫瑰，那么玫瑰便会在四季之中承载着她的灵魂继续活，当玫瑰对着世界盛开，她灵魂的双眼也会随之张开，重新看见这个世界……然而土葬后的尸体同时也会长出各种寄生虫，形成一个腐尸生态系统——这是她最无法接受的。如果能突然从空气中消失就好了——就像从来不曾活过，从来不曾存在过一样。于是她想到火葬——人体在火的帮助下，帮助火燃烧，然后和火一起，化为灰尘。归于灰尘。这大概是最接近于消失的方式了。然而，她始终坚信，尸体也是有感觉的——至少是有感觉记忆的，那么火在尸体上烧起来的时候，那种强烈的灼痛感，又让人情何以堪。很多个夜晚，她躺在床上，试图想象那种烈火在身体上灼烧起来的痛感，到底是怎样的一种痛，然而她最终发现，这种灼痛感不在她任何思维经验的范畴之内，没有任何感觉可以类比、推断……而深夜躺在床上的感觉又令她有种躺在大海里的小船上漂流的错觉。地球上最初的生命，就源于海，如果可以归于大海，也算遵循了某种轮回？她于是又设想到，某年某月某天，她一丝不挂地来到海边，然后躺在天地间仅有的一叶小船上，任月球的引力推动着潮水，推动着小船漂流，就这样漂进大海深处……然后在一点点的漂流中，她还有足够的时间来回忆她微不足道的一生，直到她那碳基的身体不再有这个星球上的食物和水的供养，她便从她的身体中彻底解放出来，然后她将永恒地漂流在海面上，成为海的一部分，而她那一直被自己嫌弃的肉体，也终于可以像扔垃圾一样扔掉，被海洋分解掉，被海洋生物服食掉……但是所有这些方式，都无法契合自己渴望进化的最高心愿，只有消失于宇宙中，成为星星的一种，成为超越地球生物的存在，才是最能令她有归属之感的。

“这个太难实现了，也许可以退而求其次选择天葬。在西藏，人死后，会将尸体放在荒野，等着秃鹰将自己的腐尸叼上天，藏人们认为，这样，灵魂就回归到了天上的众神处。”她没想到，他不仅对自己的自杀想法丝毫不意外，反而还和自己一起讨论死亡的方式，还是这样神圣的方式……一时间，她对着他发来的这些话，如获至宝，不知道怎样保存下来才好，只好激动而机械地一遍一遍默诵着，深深印进自己的脑海之中，直到成为自己的一部分。

她每分每秒都在对他的念想中革新一个自己，他是她的生之源泉，死之见证，推动她小宇宙太阳系九大行星运行的唯一动力。

“而你将来的选择是火葬吗？然后骨灰撒在故乡的三条田……”她想到，虽然他们可以同生，但也许终于没能共死——她总有种自己不会活到很老的预感，会死在他前面，死在他怀里——哦，如果能死在他怀里，灵魂归于爱情，那么所有的问题——诸如渴望进化的最高心愿、处理尸体的方式等，都将不再重要。

“我？我只想好好活着。如果可以，我想做一个弥赛亚。”

“弥赛亚？”她轻轻念了一遍这三个字，从“弥”的唇音，到“赛”的舌音，再到“亚”的后舌音，她的嘴唇对着世界逐渐张开，张大，仿佛全世界的万事万物都在倾听，并会意。她的双手也随之在屏幕上确认人生的确有意义一般，一个字母一个字母地打出这三个字。这之后，他在她心中唯一的名字，就是弥赛亚了。她也终于不再怀疑他有可能是一个机器人，一幅画，甚至一个吸尘器了，他是她的弥赛亚。

“嗯。可是，目前为止，我连自己都还拯救不了……”

无法自救是常态，就像一个人无法拎着自己的头发就把自己提起来脱离地球表面一样。但是，他却是她这段漆黑生活里的唯一光亮。然而，这句话，她却永远无法对他说出来。她怕一旦说出来，说出的话就不再属于她。因此他们谈论文学，谈论弗洛伊德的性欲三论，谈论天气，谈论雨水在不同季节散发出的不同气味，甚至谈论不同牌子洗衣粉香型的细微差异，谈论距离他们45亿6717万年前的隐生代，但从不谈爱。

“其实有了做一个弥赛亚的愿望这一点，已经非常了不起，在我看来，只要有这个意识，就可以称得上是弥赛亚的一种了。”她小心翼翼地隐藏着自己内心排山倒海的感情，并挑选着最合适的词句语气表达着对他的鼓励、支持，“毕竟，我们还有很多很多的时间。”打完这几个字，她望向窗外——一片漆黑黑的深夜，像是一片匀速暗流的黑色深海——这深深深深的深夜中，真的隐藏着她一生的黎明吗？哦，这黑，是那么纯粹，那么绝对——绝对得令时间都失去了意义。

她曾深深厌恶过世界上所有的钟表。这种厌恶起初源于她的17岁，当时，她和那个人在麦田里拥抱——通过拥抱彼此来拥抱整个青春，整个世界，然而，有一次她在不经意间却发现，他在拥抱她的时候，在她躲在他怀里认真倾听他的心跳的时候，他却在她身后偷看自己右手手腕上的手表——她用他的心跳来计量这个世界，而他却连拥抱都要计量时间吗？如果连拥抱的时候都要分出一部分心来计量时间……然而，面对他，她却无法让自己对他真正恨起来，于是她只好去恨全世界的手表——继而是恨时间——所有那些关于时间的普世真理，她无一例外地统统都选择不相信，并一度企图用自身来证明那些关于时间的普世真理是错误的，荒谬的。她反复训练自己轻视时间，严格苛求自己忽略时间，直到她掩耳盗铃地感到自己的小世界真的不再有时间这个概念，自己的人生中不再有这个词语……然而此时，在她想要努力安慰他的一颗心中，那些忽略过的时间，全部都一齐重新回来了，几乎要在这一瞬间将她完全淹没，她清楚地感到，她的那些过去，彻底死掉了，并被掩埋掉了。

“你相信宿命吗？”他反问，然后补充道：“也许我们每个人都无法逃脱自己的命运。”她感到他的思维在这里有一个明显的停顿，仿佛在犹豫什么，她对着屏幕发呆，品尝着他的犹豫，仿佛通过这品尝，在隔空亲吻他的额头，仿佛她已通过他片刻的犹豫，穿越屏幕去到他身边……不知过了多久，她如梦初醒般看到他又发来一行字，结束了这片刻的犹豫：“我赞同特奥尼斯拉说的，人最伟大的命运便是不曾出生。”

她想她也许正在经历一些什么事，然而他犹豫了一下，还是没有直接告诉她到底发生了什么事，而对这些事的各种猜测，反而让她更能从四面八方了解着他。

“一个人想要逃脱自己的命运，就像想要脱下自己的皮肤一样。因此我赞同尼采提出的‘爱命运’。很长一段时间里——包括现在，这三个字都是我重要的精神支柱之一。”她想，既然无法选择不出生，既然只能存在，既然只能在地球上，随着九大行星的转动过完既定的一生，不如选择去爱这个过程中的每一秒钟，以及每秒与每秒之间的起伏。

“Amor fati.”他用法文原版重复着她的精神支柱，仿佛在确认世界即世界一般，仿佛在这种确认之中，将她一点点确认进他的心中。这些过于敏感的感觉令她又惊又喜，她不敢再多说一个字，不想让时钟再往前走任何一秒——以为只要这样，就能永远住进这一刻钟里，永远留住这种感觉……她呆呆地凝视着屏幕上的对话框，良久，对话的静止终于赋予了她时间也静止了的错觉，仿佛他和她就这样从这个世界的这一刻钟里坍塌到了另一个平行世界……

“晚安。”不知过了多久——似乎她都在另一个平行世界里过完了一整个一生一世，她眨眼，看到他又发过来两个字。可能他以为她这么长时间没再回复消息是因为睡着了，而他的这句晚安，就像一双穿过了遥遥几千公里的温柔大手在轻拍她的背，同时哼着儿歌轻轻哄她入睡……而她多舍不得就此睡去……多希望刚一闭上准备入睡的双眼，再张开就是能够立刻见到他的早晨……“早安。”她情不自禁地在键盘上敲出这两个字，如同在弹奏贝多芬的月光鸣奏曲，“午安。晚安。早安……”她像是再也难以抑制内心的惊涛骇浪，澎湃汹涌地一句句问安，仿佛在这种循环的问安中，她和他已经共度了一天又一天，然后就这样到了永远……啊，多希望可以一直这样说下去……

“哈哈……晚安。”他只觉被她的可爱萌到，不禁大笑。而她对他的笑感到既开心又失落，开心的是自己居然能让他笑起来，失落的是——他的笑意味着他并未领悟到自己的深情。然而，这不正是她所拼命隐藏的吗？

她看到他的头像暗下去了，似乎看到他已经离开了电脑前。留她一个人，面对着茫茫世界的无尽黑夜。她心有不甘地点击他的头像，仿佛在给濒死的人做心肺复苏，然后她看到，网页跳转到他的个人资料页，他的头像果然重新亮起，仿佛他突然间又回到了电脑前……她对着他亮起的头像看了一会儿，调整着自己刚刚面临了分离的心情。

她看到他的地址，就写在资料页上。沿着这一串字，她仿佛看到一条让她可以最终走向他的马路，她想到，有一天，她会越过千山万水，终于抵达这个地址，她会带着心底和他一起修建的那座花园，抬头看他所在的窗口，哦，透过那扇微黄的窗口，想象着他在里面的所有生活。

然后她会在这扇窗口的对面住下来——将自己的一切装进另一个窗口，等着对面的他发现，同时也透过自己的窗口，日日凝望着他。

然后她看到他下楼的时候，也假装下楼——如果他们没能在楼梯口遇见，那么她会偷偷跟踪着他，走他走过的路，去他常去的咖啡馆，喝他每天喝的那种咖啡……如果碰巧他也看到了她，那么她会对他完美一笑——修炼了这么久，到那天也终于变得足以能让他爱上那样完美了吧？

然后在她的笑中，他会跟着笑起来，对她一见钟情——他只觉得这陌生女子似乎似曾相识，浑身散发的每一点气息都恰到好处地引发着他内心最深的感情，眼神的亮度完全符合他对女巫水晶球一样双眼的所有想象，眼神背后的灵魂从她整个人的周围巨大地升腾起一个深不见底的黑色屏幕，一段一段上演着人间至悲至喜的独幕剧，占据他所有的思维、感官……皮肤晶莹剔透，六面棱镜般折射出她的多重人格……唇角的笑容就像他爱过的每一个春天一样温暖舒适，眉毛中暗藏着她一生的命运际遇以及他对命运的所有理解……而他不知道这陌生女孩来自何处，为什么会出现在他眼前，于是他怀疑这一切都是命运的安排，于是他会不由自主走到她面前，看牢她的双眼——仿佛要从她深不见底的眼眸，进入她的灵魂最深处，然后他会如坠云窟地对她说道：你好。

然后她会用眼神回以问好，那眼神携带的灵魂将直抵他身体每个角落，激活他每根神经对爱的渴望，100 个春天一齐在他心中降临了，然后在他们面对面坐下的时候，他就会明白：从此，他的命运将不可逆转地改变了。

然后他首先会想和她谈谈今天的天气——天气是所有一切的开端，正是此刻围绕在他们周身之间的空气，才让他的爱意很好地传递给了她——当他开始谈论空气的温度，就像在表白自己的爱是怎样像气温一样在自己的皮肤上留下美妙的感触。然后她会对他对空气的描述表示认同，仿佛在确认着他的爱意……当他说到刮过来的微风，他会寻找这阵风的来源，按图索骥一直寻找到她童年时候记得的第一阵风——这两阵风正是同一阵风——那阵她童年时记得的第一阵风，就像她的命运一样一直跟踪着她，直到此刻，又对她再次现身，从她的身体刮到他的身体，传递着某些神秘的信息……然后他们会一同看着天空，并一同看到从遥远的海洋上空飘过来的一片流云，哦，这片流云，是由多少个女孩的眼泪蒸发、循环而成，而这片流云，此时并没有下雨的打算，于是他们无法体会一起避雨，世界小到只剩下一个房间的亲密感——然而他们根本不需要一场雨来营造这种亲密，此刻他们从各自全身毛孔里散发的气息——哦，这些气息因为携带着他们背后各自二十几年来的所有经历而让他们彼此瞬间心有灵犀地相互了解，这些气息缠绕纠结，已经足够交织成蚕蛹一样的网，将他们和其他人隔离开来，把他们周身的世界屏蔽掉……而阳光会像一场梦一样照在他们身上，他会沿着一束阳光的指引，用唇渐渐靠近她的唇，然后这束阳光便消失在唇与唇粘在一起的地方，仿佛他们通过接吻，吃下了这束阳光，然后这束阳光会在他们彼此的胃里发芽，长成另一种太阳——就这样，他们成为了彼此发光发热的永恒红巨星……而这个吻，则像瓦特发明蒸汽机奠定了工业革命基础一样，奠定了他们永恒的不可更改的恋人关系。

然后他们会离开彼此的唇——再次证明刚刚的吻是真实发生的。接着他们会在吻的残留里深深看着对方的双眼，交换着彼此身体里因为吻而带来的巨大反应——他从她瞳孔深处看到10000米高的潮汐被月亮牵引而起，然后再破碎成一小朵一小朵的浪花，瞬间盛开，渐次寂灭；她从他眼底里面看到10000座火山一齐爆发，喷出蹿天火焰，熊熊燃烧的漫天大火让他的目光都带着灼热的错觉……然后他们的身心会对此深刻地感知：是的，这就是我的恋人……

然后他们会像品尝彼此的嘴唇一样品尝食物：豆芽、西红柿、百合、莲藕、野芹与蛋糕。在他们咬开一只西红柿的时候，果肉们会羞涩地向他们袒露西红柿的心迹。而他们舌苔上的10000粒味蕾触觉，就像10000间密室，重新栽种了西红柿……然后他们对西红柿的味道有了共同的记忆，一只西红柿，被重新分布于他们各自体内，他们因此而有了确凿无疑的共性。

然后他们会手牵手一起走出去，走到世界上去，通过手上的恋人，他们对世界有了全新的认识：苹果树不再是苹果树，而是为了结出恋人喜欢的苹果的苹果树；马路不再是马路，而是为了让我离开你，再回到你身边的马路……然后他们走回家，走到此刻她正对着发呆的这一行地址，走进那扇她朝思暮想的窗口，然后他们会在这扇窗口里笑看她童年的那阵风吹动每个四季的流转，就这样一年年，过完此生此世……

然而假如他并没有碰巧看到她——一天天过去了，后来的很多天，都什么也没发生地过去了，他都仍然没能碰巧看到她，那么她仍会每天在他下楼的时候假装下楼——如果他们没能在楼梯口遇见——那么她会偷偷跟踪着他，走他走过的路，去他常去的咖啡馆，喝他每天喝的那种咖啡……然后日子就这样一天天过去，终于有一天，他会有了女友，而她仍会在他们下楼的时候假装下楼——如果他们三人没能在楼梯口遇见，那么她仍会偷偷跟踪他们，走他们走过的路，去他们常去的咖啡馆，喝他们每天喝的那种咖啡……每晚每晚，看着那扇她朝思暮想的窗口变成只属于他们两个的窗口，而她仍会看着那窗口亮起又暗下去，猜测着他们会说什么样的对白，他们会以什么样的姿势拥抱彼此，他们亲吻彼此时各自都是什么感觉……直到他们发生的一切她完全感同身受、如临其境，直到他们两个人都住进了她的身体里，直到她爱上他爱的女孩，她对他的爱于是从此变得更深、更广了一层，而她也依然能和心底的他们一起，分分秒秒，年年月月，过完此生此世，白头偕老……

然而现在，她依然只能对着他的地址，反复修炼自己，直到能够将来在完美一笑的时候让他瞬间爱上她。而地址，已经像黑暗撼住了灵魂的银河一样，深深印于她心中。她关掉网页，抬眼去看窗外黑色天幕上的点点繁星，仿佛自己也成了另一颗星星。

她关掉电脑，即将到来的日子于是就深藏在黑漆漆的屏幕里。明天星期一。

啊，多么感激这夜，让她看到这些星星；啊，多么感激这些星星，指引她走向他的人生旅程。她感到她的人生在此处，有了一个明显的分水岭。啊，多么感激每个为自己身体工作的细胞们，多么感激生在这天地间，多么感激我是我……一波一波澎湃的感激向她袭来，她禁不住内心激烈的波涛汹涌，两行泪不由自主地从眼角溢出——愿自己感激的一切收下这两行泪……然后，她终于感到内心的波涛渐渐平静下来，于是躺倒进永远温暖如春，永远等待着她的被窝。

她在舍友们均匀的呼吸声里戴上耳机，让那个歌手的歌声流进耳朵，流遍全身，滋养着全身的细胞们，召唤全身的细胞们尽快进入睡眠。直到她感到自己的身体越来越轻，轻得似乎不再存在——她的全部意识才开始又一次进入梦中世界。

在梦中世界，她又见到了那个人。那个人和她一起，并排躺在一张空荡荡的木板床上，床的另一侧是一面特别大的玻璃窗。窗外有一棵盛大繁茂到几乎要成精的桃树，将自己的枝桠穿透窗户伸进屋内，屋顶一样笼罩在床的上方，床上落满了桃花瓣、桃树叶子、尘土和露珠。床下，铺满了各种各样撑开的雨伞，在四周散乱放着。

然后，她从他身边起身，背对着他，开始一件件脱衣服。大衣，毛衣，衬衣，线衣，毛衣，大衣……一层又一层，衣服似乎无穷无尽……就像是在脱去一层一层的皮肤，然而皮肤无穷无尽，永远无法到达皮肤下面那个最真实的自我……她惊醒过来。

内心仍停留在梦中的恐慌之中，心脏在熟悉的黑暗中剧烈跳动着……眼前的黑暗有些稀薄，依稀可见窗外隐约的路灯灯光，然而四下寂寂，如无人深渊。她只听到自己的心跳声，以及血液在血管的森森流动声……整个世界再次只剩下她一个人了，随着意识一点点的恢复，她一点点调整着自己内心的紧张。直到那种弃世的疏离感渐渐远离，她感到自己再次成为这黑夜的一部分，她才掀开棉被，起身去卫生间，排泄尿液就像彻底排泄掉之前的恐慌感。小便源远流长，也终于能汇进远方的海吧……这么想着，为自己能够成为海的一部分而自豪，然而她一抬头就碰见了窗外的月亮——是满月，静静在空中展射着强烈的月光，月光下，是悄无人烟的夜——世界上只剩她一个人在看月亮，那个人偶尔也会看吗？和她看到的是同一个月亮吗？那么，那个人在看月亮的时候，可会看到她也曾看过的痕迹？不会。不会。不会。

她的心渐渐沉下去，沉下去……似乎就要这样一点点死掉——那个人似乎早已在这个世界上死掉了，可为什么她还是清清楚楚地记得那个人曾在她手心里留下的体温温度？而她某件衣服上还残留的那一点手指形状的污渍，仍然证明了那个人的确曾经伸出手碰触过她。人为什么离开另一个人？为什么离开之后，就像死掉一样消失了？该怎样接受这种消失？去哪里才能找回那个人？……她禁不住内心深处的悲伤被月光一波一波牵引出来，一浪一浪拍打在她心房上，终于失声痛哭起来……眼泪们争先恐后地，仿佛在她体内曾遭受到她长期虐待……而她发现自己竟然在这无人深夜，因为那个人而号啕大哭之后，更忍不住为自己的哭而哭……整个世界，连同她整个生命都在随着这哭泣的渐渐结束而结束……1000 多年以前，同一个月亮下，李白曾邀月饮酒，而她，对月长哭……她在心底深深地对月亮道歉，对月亮下的万事万物道歉……然而谁来原谅她？她呆呆凝视着月亮，良久良久，仿佛她的虔诚终于感动了自己，她依稀记得，还有一位弥赛亚——那位弥赛亚正乘着月光，降临到她心底，她从对那个人的一片断壁残垣之中，找到了自己内心和弥赛亚一起修筑的花园，于是感到一阵平静。

她对月光感激地回以微笑，然后，一步步地返回自己的被窝。她不知道，她正一步一步，踩灭着对那个人的记忆。被窝以一贯热情的拥抱一把将她抱住，她在心中默默感激着自己的棉被，并下意识地抱紧了一下棉被，想着内心那座盛大的花园，想着丢下一颗种子，然后种子从漆黑的土壤里一点点吸收养分，努力钻出地面，来到世界上，再慢慢发芽，在别人看不到的根部一点点充盈自己，好让自己在世界上一点点长更高，看更远，发更多芽，为最后的开花做准备……她在开花之前的想象中一点点淡入睡眠之中，睡眠之外，在遥远的热带，正上演着她睡前的幕幕设想……地球正缓慢地转动着，将她送往即将到来的太阳下。

初夏的第一缕阳光跳到她的睫毛上，试图唤醒她，而她仍然沉于睡眠之中，她的记忆正在这睡眠中，该流失的流失，该沉潜的沉潜，重新构建着她的过往，直到她一点点醒来，睁开双眼，重新打量这个世界。

这正是昨夜月亮所借的光，现在，直接由太阳本身照射着她了。她看着初晨的阳光，条件反射地想起昨夜的大哭，看着周围起床的舍友们，感觉就像是夜里下过一场滂沱大雨而无人知晓、无从证明一样。好在那些眼泪也终于离开了她，解放了她。她起身，去熙熙攘攘的水房洗漱。没人会知道她微微发肿的双眼是因为昨夜大哭过而不是因为晨起水肿，更没人知道她的皮囊之下，暗藏着多少个她——大过于此时水房里洗漱的所有女孩总数……她无聊地想着这些无聊的琐碎，终于洗漱完毕。

下楼，走到阳光下——她知道此后她无论去哪里，所走的每一步路都是走向她的弥赛亚之路。于是她的步伐更坚定了，朝着教学楼迈去……

一早是艺术鉴赏课，她最喜爱的课之一。这节课教授要讲的是经典影片《肖申克的救赎》，首先在教室内播放了全影片。台下的她全神贯注地紧盯着每一帧画面，灵魂从她的瞳孔，沿着她凝望的视线，完全去往影片中的世界了。直到影片结束，她仍感到自己灵魂的一部分永久地留在了这部电影之中。而她生命中仅有的这天上午，也终于结束了。

下午无课。她开始期待晚上的心理咨询，路过心理咨询室的时候，她特意跑去门前看了几眼，是一个很狭小的办公间，走廊面没有窗户，大门紧闭着，像一个人紧闭的心门，门上白底黑字写着“心理咨询室”几个楷体字。除此之外再无任何信息，和其他教室再无任何不同。这更加勾起了她的好奇心和探索欲。而此时她只能暂时走开，双手将书抱在胸前，想着去哪里觅食——午饭时间到了。

不知不觉走出了校门，她踩着耳机里的旋律，一步一步数着自己踏向弥赛亚的路程，忽然，路边一个陌生人，微笑着冲她招手，说了一句什么。也许是他唇角那一丝含有羞涩的笑让她产生了亲切之感，这感觉令她条件反射地摘掉耳机，迎着他陌生脸上闪现的巨大热情，才听清楚原来他是来这个城市旅行，不幸所有东西都被盗走，然后想借用她的手机打个电话。

她几乎是毫不犹疑地拿出自己的手机递给他——与此同时，她快速在心底设想了一遍假如他是骗子的前提下所会发生的种种可能，然后又根据自己的经验智慧快速排除这些可能会对自己造成的伤害，以及自己能否化险为夷，如若不能，是否能承受伤害并愿意享受伤害带来的正面影响……这一系列思维只是在她第一眼看到他拥有一双凌乱浓眉的电光石火间全部完成，思维之上的她只是对他微微一笑，然后看着他接过手机，拨出号码，背对她转过身去对电话另一头的神秘陌生人讲话……在他背过身的时候，她打量着他的身姿，一边因为同情而对他产生了淡淡的怜爱，一边设想假如他就此走掉，她该怎样追回自己的手机……

他转过身来，依然带着一丝羞涩的笑，将手机还给她，并对她道谢。

最起码他唇角的那丝羞涩是真的。

“真的谢谢你，你还没吃饭吧？我可以请你吃饭以表达谢意吗？”他说着掏了掏口袋，亮出一些纸币，羞赧地笑着补充道：“虽然行李、钱包全丢了，幸好身上还是有些零钱的。”

也许是他的确在刚刚意外遭遇了不幸——即便只有很小的可能性，但依然令她产生怜爱，也许是他唇角的羞涩令她想起了某个已消失在她人生里的高中同学，也许是她本能地对长着浓眉的人抱有好感，也许是她天生不懂得拒绝……她竟然点点头。

就这样，她跟着他走了，手机里还存着舍友们让她带午餐的短信。也许在她跟在他后面走的那一刻，她就默许了他可以带她去往天涯海角任何地方，然而这种默许也许正是因为她料定他并不会带她去天涯海角。他只是带她来到一家小而精致的餐馆，点了一些食物。

“我刚刚给我住在这座城市的一个亲人打过电话了，这两天他在出差，后天就回来。我等他回来就可以了。”他解释着自己的处境，像是在感激她，让她不要担心。

她只是含羞而又纵情地对着他笑，为自己能够帮助他而感到一种无形的使命感——仿佛她天生就应该对他负某种责任一样，而这种使命感令她对他心生隐蔽的爱意。

他为她夹菜，那么自然而然——仿佛他们早就是情侣。这种神秘的美好氛围缠绕在他们周身，有那么一秒钟，她恍然想到：哦，这一切都是……真的吗？

他们走出餐馆，正午的阳光照射得一切事物都显得虚幻极了，她在眨眼间悄悄闭上眼，心想，就当一切都是一场梦吧，就像她5岁时候，在一个清早做过的一个梦——那是个下着阵雨的早上，忽来忽去的雨在窗前似乎把整个世界都粉碎了，断断续续的雨声令小小的她睡了又醒，其间，她梦见自己起床，看到床下有一双黑色高跟鞋——一双天生为她准备的、只属于她的高跟鞋，她的心刹那充满惊喜，迫不及待穿上——哦，后脚跟的部分还空出一些，然而在她走起路的时候，却量身定制一般地合脚——她感到自己弓起的脚支撑着她行走在天地间，哦，她此刻之所以行走，就是为了体验穿高跟鞋弓起脚向全世界撒娇的美丽感觉，而在她弓起的脚之上，她整个身体快速发育——她感到自己长成了妈妈一样的身姿，并从自己臀部的圆润弧度里感到一种渴望的满足……这满足感足以让她成为全世界最美丽的女人——啊，到世界上走一遭的感觉真好呀！最后，小小的她回到自己的床边，脱下鞋子，返回床上，躺了下来——然后，她醒了过来，睁开眼的第一件事便是翻身看看床下——是否真的有一双黑色高跟鞋，然而——没有。空空如也。可是刚刚梦里的一切感触是那么真实，她清楚记得高跟鞋的模样，而那种穿高跟鞋的满足感依然在她小小的心里膨胀着——正是这膨胀的满足感，滋养着她一点点长大起来……一直到此刻，她和他从餐馆走出来，她下意识看了看自己的鞋子——平底鞋。嗯。彻底成为女人之后才可以穿高跟鞋，这之前，只能穿平底鞋。就像内衣只能穿白色的一样。这些奇怪规则是她和自己不成文的莫名契约，也许只有待在这些规则中，她才能够忠于现在的自己。

现在她跟在一个陌生男人后面走着，不知不觉走到了一条河边。河边恰到好处地栽种着垂柳，而初夏则恰到好处地让这些垂柳们凸显着一年四季中最美的样子。一阵风拂来，浅浅的柳叶香令她有种微醉的愉悦感。这就是了——为什么她从不喝酒？因为她本身就是烈酒。很多细小的事物都能在某些情境下令她瞬间醉倒。

“你下午没课吧，那可以陪陪我吗……”他的神情语气像一条搁浅到沙滩上的深海鱼，令她感到怜悯，激发着她潜藏的正义感，让她无法拒绝；而从他周身发射出的荷尔蒙气息浓烈地扑向她，令她有了一颗跃跃欲试的恋爱之心……

“可以呀——”此刻在她的字典里，似乎除了同意之外，再也没有别的话可讲了。

他们肩并肩在垂柳下的长椅上坐下，对着缓缓细流的河水，任各自身体中的恋爱预感通过全身毛孔弥漫开来，一种神秘的甜蜜氛围正在形成。

“我喜欢你——”他忽然抓起她的手，紧紧握在手心，眼神激荡如风中的芦苇：“我当时站在路口，来来往往过去了很多很多人，可是人群之中我一眼看到你——你和他们所有人看起来都不太一样。”

当然不一样了，她暗想，而面对他如此迅速的表白，她对他是一个骗子的怀疑，又加深了一些。然而，在这怀疑之上，她仍认为他的那句“我喜欢你”过于悦耳——悦耳得令人想要不顾一切地认为这是真的。

“我们才刚刚认识而已——”她完全被他的荷尔蒙气息所猎捕，根本不知道自己在说些什么。

“可是我真的很喜欢你——”他的眼神充满一种与世无争的乞求：“做我女朋友好吗？”说着，他突然单膝跪地，双手仍然紧紧握住她的右手。她感到从他手心里传导过来的强烈荷尔蒙气息，正输液一般缓缓流遍她全身，霎时间她心乱如麻，只是不知所措地胡乱望着他凌乱的浓眉，不知道该怎样答应，亦不知道怎样拒绝……而就在这时，他忽然起身，对着她犹豫着不知该讲些什么的双唇，吻了下去——啊，不要。她本能地想推开他，然而，一股清冽的甜蜜感刹那间从她双唇间弥漫开来，她感到自己全身每个细胞都灌满了蜜，根本无法使出半点力气……既然无法推开，不如当作梦一场，尽情沉溺吧——

啊，10000 枝柳条一齐在她身体深处萌芽，新生的芽打开了她自己也不知道的，似乎她身体中从不曾存在的角落，在这个漫长的吻里，她似乎正在成为另一个人——一个相对这个陌生男子而存在的，和自己之前的任何设想、修炼目标都不同的人，而这纯属意外，但正因为是意外，她更加觉得刺激而好玩……

不知过了多久，他终于离开她的唇，而她不愿再看到他的脸——那脸的真实性会让她感到很违和——宁愿相信这只是场梦……她只是害羞地低着头躲避阳光——正是此刻她眼前的某一丝阳光，将她和他从此紧密地联系在一起了……多么希望的确只是一场梦，梦醒后，一切都会消失……

忽然，眼前的地上，多出了几个有些熟悉的影子，她一抬头，吃惊地看到宿舍全部的舍友，就站在她旁边，略带挑衅地看着陌生男子。之前只是给舍友发短信解释说路上遇见一个需要帮助的男子，因此无法带饭，却没想到舍友们担心她，竟一起找来了……

“喂，你是谁啊？哪里人啊？”一个舍友气势凌人地冲着男子问道。

他起身，礼貌地微笑着，小心翼翼地回答着，同时也意识到气氛的紧张，简单说了两句之后便转身告辞。走了两步，又回头冲着她说道：“我会给你打电话的，还会再来找你的。现在我先走了。”然后终于转身，不到两分钟，便消失于人海。

她和舍友们慢慢往校园走，一路上简单和她们讲了事情的详细经过。舍友们一致认为那陌生男子是骗子，建议她不要再和他联系。然而她虽然也有怀疑，却仍和舍友们据理力争：他的眼神很真诚，笑容很亲切。而且，就算他真的是骗子，她一定要拯救他。接下来，舍友们再说些什么，她已经完全听不到了，只是感到，走在舍友间，这种既融和却又始终疏离的感觉，就像一个人始终在模仿另一个人，却始终无法成为另一个人一样，似是而非地活在这个世界上……没着没落、内心悬空之中，她又想起她唯一的去处——内心的那座花园，以及住在花园中的 Alchemist，她的弥赛亚——他就像一个专属于她的坐标，她的北斗七星，无论何时，当她迷失，只要想起他，就能快速地纠正自己的方向。她并未认为自己和陌生男子恋爱是对 Alchemist 的背叛，相反，她认为这种恋爱经历是让她修炼自己更完美的，能和 Alchemist 比肩而立的途径之一。

她在自己的床位上坐下，舍友，以及之前和陌生男子发生的一切正在如热茶上面的云烟一样慢慢飘散，她就这么静坐着，闭上眼，任那些感触快速离开自己，感到内心的花园正在对她整个身体进行清洁……现在，睁开眼，她终于又是纯净如初的了。

其他的舍友们不约而同都选择用睡觉来度过这个美好的初夏下午，从她们的睡衣里，垂下的慵懒长发里，发射出一阵阵猛烈睡意，正在袭击着她的太阳穴，瓦解着她的意志力……而且，虽然陌生男子的气息已经消散了，她仍需要一场睡眠让这个已发生的事实更加远离自己……于是，这么想着，她也不知不觉已钻进亲爱的被窝——被窝里长期汇聚的睡气像是成了精般，瞬间将她擒住，此刻，除了躺进被窝，她什么也不想做了……这不由让她产生了决定睡觉是对的的错觉。

她像关灯一样渐次关掉身体细胞对外界的感知，让更浓的睡意在自己身体中汇聚起来，任睡意在全身的毛孔中栽种着一棵棵野罂粟，而野罂粟几乎是在瞬间就发芽、开花、结果，在她身体上肆意攀岩，而罂粟的果实喷薄出的强烈气息，令她恍然进入幻觉世界……

不知是在哪个世界的哪个角落，她又见到了那个人——像是又回到了 17 岁，她和那个人在堂哥家接吻，而就在这时，堂哥家忽然来了好多人，令她感到他们的接吻就像偷情……于是她和那个人一前一后走了，决定去别的地方继续……路上她一直在想着，一定要告诉那个人：她曾多次梦见那个人和堂哥其实是同一个人。然而她却一直没有开口。

他们步伐轻快地踩着几栋像是来自童话世界的建筑的屋顶，又踩过几株像是龙身一样的树干，到了一个地方。在这里，她眼睁睁看着自己变成了台灯公主：用双手翻开心脏处的时候才发现，她不知什么时候早已变成了塑料的，然后在翻开的心脏处放几块电池，她立刻亮出了五彩的光。相对应的，那个人变成了台灯王子。她和那个人在这里年复一年，过着有规律的上下班生活。然后忽然有一天，她想起好久没见到那个人了，于是到处找起来，找了很久才看到那个人和一个女孩在广场上下棋……哦，原来那个人早已移情别恋……趁那个人还没看到她，她赶紧跑了——跑到了郊外，看着大自然，有点想自杀——于是越跑越快，仿佛在跑之中，她能用自杀重新吸引到那个人。而这时候出现了另一个女孩，她和另外一个女孩跑到了一个雪地的屋顶，她站在屋顶上看到隔壁是一个很大很大的工厂，流水线地喂养着猪们，一些猪已经被屠宰，另一些在被人喂大。她于是即刻明白了她在这里的生活——和这些猪一样。

而严密监视这些猪的工作人员这时朝着她和女孩的方向看了一眼，于是她和女孩赶紧从屋顶上下来，怕被发现。而这时她心想，刚刚在屋顶看到猪的那一幕，那些感想，她曾在书里面看过啊。而接下来的她也都看过：她和女孩想离开这里，回到她们的台灯工厂，但周围有人将尿尽情地喷洒在她们身上——用尿的温热来提醒她：你的命运确实和工厂里的那些猪一样……

……她从对自己命运的感慨中逐渐淡出梦境，醒了过来。窗外的太阳已经西斜，摇摇欲坠的余晖发出的微弱光热就像梦中尿液的温度一样，令人在乍暖还寒之中感到自身和世界之间有着无限的貌合神离……她坐在床上，坐在夕阳之光中，以发呆的方式让自己的视线和光线无限融合，同时等待这种疏离感渐渐消退。

舍友们也都纷纷醒来，她们起床的窸窸窣窣声，以及饱含睡梦味道口音的问好语，让她渐渐确信自己此刻所在的世界，依然是睡前的那个世界。就像笔尖终于落在纸上，就像食物终于抵达胃袋……

她起身洗漱，回忆着梦境中的一幕一幕，历历在目。而为什么，至今仍然会梦见那个人……如果，可以将那个人的所有记忆从脑中拿掉……她一边琐碎地想着这些微小的事情，一边清洁完了所有牙齿——34 颗。每次刷牙，她都会习惯性地数一遍。好像这样，就能确定她依然是她，世界依然是世界，一切都没有变一样。

傍晚是她惯常的散步时间。她喜欢一步一步踩着夕阳余晖，默默目送太阳沉下去的整个过程——就像目击一场世界末日——每次太阳沉下去之后，她总有种再也不会升上来的错觉。然后在接下来的入夜之时，她便可以理所当然地有种末日狂欢之感。她没意识到太阳第二天依然会升起这一点其实证明了那种末日错觉的确是错误的，她只感觉到这是给了她再次体验末日狂欢的机会……她这种沉溺于自己的小世界不可自拔的品性也不知道是为了什么——可能，就是什么都不为。

她又走在这条散步路线上，遥想到——假如此刻有一人正在空中观看地球，或许能看出她环地球散步的这一点路线……因为这个遥想，今天的散步路线，沿着散步路线的街灯、小店，以及整座城市都变得更加美丽起来……路过中午偶遇陌生男子的地点，她不由自主停下来，特意从四周勘察了一下——没有任何痕迹证明中午的偶遇是真实发生过的。她对这个勘察结果很满意，然后装作若无其事地跨了过去。

已是晚饭时间，然而她一点食欲也没——似乎那些被中午的吻喂饱的细胞们依然还以为自己是停留在那个吻中，迟迟不愿醒来……她因而对自己的身体细胞嗤之以鼻，然而这身体确实是她在这世间唯一的容身之所，即便有诸多不喜欢之处，也只能尽量和它和平共处……这么想着，她不知不觉走回校园，走过长长的弯弯曲曲的楼梯——每次走在楼梯，旋转而上，她都会想象到，楼梯的顶端，是一个死角——所有的事物在这里有了一个明显的终结。然而这时，如果想要原地下楼，却再也无法找到来时的楼梯……这是她无数次梦里梦见的情景。于是她一边上楼一边不时回头看看，看那些送她逐渐上楼的楼梯们，是否依然安在——看到它们依然一阶一阶地支撑着她越走越高，她便获得一种奇怪的安全感……不觉间，她走到了四楼——这便是心理咨询室所在的楼层了，她独自穿过长长的阴暗的走廊，终于走到心理咨询室门前。

距离约定时间只剩 15 分钟了，她看着这扇和往常一样紧闭的门——这种紧闭的方式就像在拼命隐藏什么绝世机密……她想到在这扇门背后，那些众多的咨询者们，曾在这个狭小的空间留下他们的各种心理隐疾，就像他们的一个只装载心理疾病的附属心脏……而此刻她就站在这个心脏旁边，仅一墙之隔——墙壁会记得那些咨询者说过的所有话，患过的所有心理疾病，然而墙壁无法开口告诉她，她只看到从门上的窗户中透露出一些灯光——而那传说中的心理咨询师，就在这些光之中，等待着她。她忍不住心狂跳起来——哦，那会是一个怎样的人？在这个密封的空间里，会发生些什么？一旦她像那些咨询者一样开口讲述她的心理诉求，这间屋子也会成为她的第二心脏……

她轻轻摸了摸墙壁，仿佛在一遍一遍地确认：是的，这就是你的心脏……5 分钟过完了，她于是又等待一个 10 分钟快速过完，然后她就可以举起右手，敲动另一个心脏之门。

这不是那种轻易被她等待掉、浪费掉的 10 分钟——当她意识到 10 分钟之后自己即将进入自己的另一个心脏之时，她快速整理了一下此刻自己现有内心所有的困惑……如同岳飞的“八千里路云和月”，她感到自己简直是“10 分钟路云和月”——她 19 年来的心路历程，在此有了一个小结。

然后，她举起了右手，“咚、咚、咚”敲响了门——她喜欢敲三下，因为“我爱你”也是三个字。

“请进——”是个温柔清冽的女声，如同柠檬水一样沁人心脾。

她推开门，只见一个身穿丝质浅咖色衬衫的背影，正伏在桌子上写些什么，而就在她看到背影的瞬间，背影回过头，看见她，就像看到一位经常见面的老朋友，浅浅一笑，示意她坐到对面椅子上去。

白炽灯光将一切照耀，如白昼。她坐下，才看清她的眼睛——天啦，她从没见过这样漂亮的双眼，清澈得仿佛没有底，仿佛只要看牢她的双眼，就能穿越她的瞳孔，抵达宇宙间的另一个星球……而她并不敢长时间看她的双眼，她怕自己像陷入沼泽一样陷入其中而无法自救。

而拥有这双如同水晶球一般神秘迷人双眼的女人，并非女巫，也并非妙龄，只是个 40 岁左右的心理咨询师。

这个丝毫不知道自己拥有着全世界最美丽眼睛的女人对着她微微一笑：“你是尤梨同学吧？我叫白秋，你可以称呼我白老师，或秋老师。

我们也就随便聊聊，当作普通的聊天就好，你千万不要紧张。就把我当作你的一个老朋友最好。”的确，她的笑容的确亲切到瞬间拉近人与人之间的距离，让人有老朋友之感。

“我其实是有一些问题，一直不知道问谁——”她躲在自己的头发里，有些安稳而又有些惊惶，小心翼翼地看着白秋老师，确定白秋老师的表情并无抵触之感，才试着说道：“比如，人活着，为了什么呢？”

白秋老师又笑了——这次的笑像一个拥抱，从她两颊那里发射出来的笑意，像是两只温暖有力的手臂，一把搂住她，像是在安慰她：孩子，你想这些问题辛苦了——你不用担心，上天总会在合适的时候告诉你答案的。而她在自己的笑之上，却只是反问她：“尤梨同学，这是个很好的问题，你能思考这个问题，这个行为也很好，那么你现在认为，人活着为了什么呢——”

“我不知道——我觉得很迷茫，就比如，我去吃饭，可是吃的时候我明明感觉到，我并不饿，也并不喜欢吃，但为什么我一定要吃饭呢——”她突然间找不到合适的词汇、语句来表达自己长久以来的种种困惑了，这些话在说出口的瞬间，她便立即有种不像是自己所说的分裂感。

而心理咨询师只是用她那时空传递门一样的双眼，和蔼可亲地望着她，那神情仿佛在告诉她——你所有的所作所为、所思所想都是合理而正常的，你所说的这一切我都很喜欢听，你就这样继续说下去吧，我可以听到地老天荒的……这眼神终于鼓励她说出了自己真正的困惑：“我想删除掉对某一个人的所有记忆。”她躲在自己的头发里，艰难地说道，而关于那个人的所有记忆似乎也一直藏匿在她的发间……

“听说心理学上有一种催眠术，可以在催眠之中完全删除掉一个人的某一段记忆……”她低着头，看着自己的影子，“我想尝试，无论什么样的代价我都可以接受。”说完，她终于抬起头，眼神坚定地望着她，充满了期待……

“在催眠之中删除掉一段记忆，这些，目前都来自各种科幻作品。现实中，我们可能还无法做到。”白秋老师平静而缓缓地说道：“和你聊了这一小会儿，我感觉到，其实啊，尤梨同学，你是一个挺好的姑娘，心理上也没有什么问题，不要给自己压力，不要给自己贴标签就好了。”她依然带着那种和蔼可亲的笑，而这些话，令她多么想扑进她怀里，痛痛快快哭一场……然而在她身边，她却有了一种很好的自控力，不知来自哪里……

“可是我，真的很想忘掉一段记忆。有什么别的办法吗？”说完，她又慌忙补充道：“人们都说，时间会冲淡所有的记忆，直至消失。然而我不信……”她勇敢地抵挡住了来自眼眶后面的几十万眼泪大军，假装镇定自若地说道。

“尤梨同学，我觉得是这样啊，很多时候，很多事情，都需要你自己去经历，去发现，然后去感悟，才可以——别人告诉你一些什么，其实你是不会真正吸收的。”她的眼睛晶晶发亮，如同两颗硕大的月亮，令尤梨看到了人生的无垠……

“我可以推荐你看一些书，你就闲暇时候随便翻翻就可以，也许会对你有帮助。”白秋老师说着，打开抽屉，如同女巫打开魔力药水瓶，然后拿出三本书，递到她面前：“你先看看吧，看完我们下次可以再聊聊。”

她看着面前的三本书，明白这次心理咨询已无力回天地接近尾声。而她并没有通过催眠术来删除掉关于那个人的所有记忆……此后或许还将面对深夜为此痛哭的人生……但她还是没有勇气连这些细节也讲出来……也许，不讲出来，这些细节便永远都属于她……然而，她想要的，正是抛下这些，然后一往无前，在崭新的记忆之上，成为崭新的人……但今天的心理咨询并没能使她立刻达成心愿……但她终于还是站起身，拿起书，礼貌告辞。

关上心理咨询室的门，她重新面对这个世界。旧记忆还在，旧伤口仍将无法痊愈。

她惨淡地下着楼梯，一步一步，隐约闻到空气中弥漫着一些雨的味道——雨正用它的气味，轻轻揉着她的旧伤口。哦，多么想把这种感觉告诉 Alchemist——至少，还有 Alchemist，以及心底的花园。

她终于走到一层，才发现外面的世界早已大雨滂沱。她面对着茫茫大雨，不知所措。于是只好发了会儿呆——她其实喜欢这种大雨在她的发呆中慢慢将世界葬送的隔世之感……不知过了多久，她的手机适时响了起来……

是那个陌生男子。他像他说过的那样又来找她了。而也许是因为她被困于大雨之中而他恰好出现，让她有种被王子拯救的公主之感，也许只是因为这雨散发的雨气太撩人情愫，她此刻听到他的声音，只感觉到他的声音从她的耳洞中，流遍了她的全身，所到之处如同溪水浇开了春花，令她全身的细胞们有了莫名的恋爱感——虽然她非常不想承认这一点。

他撑着伞出现在她面前，她清清楚楚看到那些沿着伞骨垂落的雨滴，一滴滴似断非断，如同小时候迷恋过的某种项链……而他在她的凝望中，一言不发，只是一把搂过她的肩，而他身体的温暖霎时从她的肩部发射向她的全身……冷雨中，她多么眷恋这一点的温暖，而这眷恋让她感到疲累，于是顺势靠在他肩膀上，有那么几秒钟，竟也感到温暖安全可以安睡。而他似乎心有默契地一直一言不发，只是撑着伞搂着她在茫茫大雨中走着……她并未问要去哪里，他便只是沉默地带她前行。

在一家酒店门前，他停下了。推开门，让她进去，然后自己收了伞，径直朝吧台走去……她才明白他是在开房，像是忽然从梦中惊醒，不知所措……

他办理完毕，返回到她身边，牵起她的手，就往电梯方向走。她停住："我不能去……我该回学校了。"

"我明天就离开这个城市了，我亲戚提前回来了。我只希望能和你尽量长的时间待在一起，我不会对你做什么的……"他神情虔诚地解释着，唇角依然有她迷恋的那丝羞涩。然而她一想到接下来可能会发生的事情，还是清醒地想要往酒店门口的方向走。

他拽住她，但一句话也没有再说。她回头，看到他的脸——那深深深深失落的脸，如同她深夜对月痛哭的心……她的心头腾地升腾起巨大的同情，而就在这时，他的左眼眼眶，一颗艰难的泪珠终于滚滚而下……她的心品尝着这滴泪——是虚假吗？为什么只有一只眼睛流泪？而且只流一滴泪？这符合人体基本物理规律吗？还是也有一些感动？一些同情？一些……发情？她不知道了，她只感到自己的身体走近他身边，伸出自己的双手，紧紧抱住了他。就像她变成了他的一个扯线木偶。

她把头安放在他的胸膛，感到在他的脸上，破涕为笑正在发生……然后，他牵起她的手，又一次走向电梯。

她恍然若失到恍如隔世，和他肩并肩站在电梯前，等待电梯的降临——而她在心中则祈祷着电梯永远不要来，如同祈祷神的原谅——她的祈祷如此虔诚，以至于在她的祈祷中，她正逐渐分裂出一个完全忠实于神的自己——那个永远只穿白色内衣、平底鞋的自己，那个永远希望自己如植物一样无爱无恨无欲无求蓬勃生长的自己……

然而电梯就像一只她小时候最惧怕的某种怪兽一样来了，她带着那个修女般的自己，忐忑而又轻佻地随他进入电梯。忐忑的她在逐渐向那个修女的她靠拢，然后合二为一——当心脏忐忑到无处安放，也许只能寄托于上帝的修女。而她的轻佻则在她身体中分裂出另一个她——一个轻佻到纵情寻欢的荡妇，那个从小做过高跟鞋之梦，偶遇过神秘女郎电影，发现过身体里隐藏着一片情欲海的自己……

她在两个自己之间，如同钟摆一样，摇摇摆摆，挽着他的胳膊，让自己稳一些。

电梯合上了，终于把他和她关在了一个狭小如墓穴的空间。这让她走神地想到，也许删除掉那段记忆的唯一方法，就是死一次，然后重新活……

电梯在不断升高，而那两个自己在自己广袤的皮肤之下，就像DNA的两个螺旋一样，支撑起她整个生命体的基本构成，就像一个人的两条腿，失去任何一条就无法行走……她无法在两者之间杀掉其中任何一个，然后完全成为另一个。

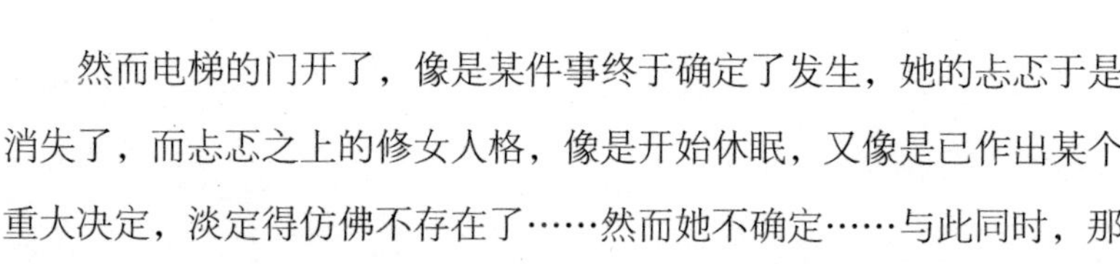

然而电梯的门开了，像是某件事终于确定了发生，她的忐忑于是消失了，而忐忑之上的修女人格，像是开始休眠，又像是已作出某个重大决定，淡定得仿佛不存在了……然而她不确定……与此同时，那个轻佻的她放肆起来，被一股突如其来的大胆热情所蛊惑，挽着他的手臂，走向一个陌生的房间。

房间的门开了——这完全是通往另一个世界的门，就像 9 岁时候的暑假，她去往乡下的堂姐家度假，和堂姐一起，成为两名看瓜少女。黄昏的瓜棚，位于一望无际的西瓜田中央，她和 14 岁正在发育的堂姐躺在瓜棚床上百无聊赖地看着蜻蜓在夕阳里飞来飞去，而西瓜们也在瓜田里看着她们俩，并慢慢成熟着。堂姐提议去捕蜻蜓，她欣然应允。两个少女光着脚和小腿在铺满绊根草的田埂上追逐着蜻蜓，想要徒手抓住蜻蜓的翅膀，似乎这样，蜻蜓就能带着她们一起飞起来，飞向即将落下而无限神秘的夕阳中去——她坚信那里一定有一个更好玩的奇妙世界——每一次的扑空，都更加让她确认了这一事实。最后扑累了的她只好双手支地，无力地半躺在草地上，眼巴巴地仰望着那个自己确信存在，距离自己只有一手之遥却又遥不可及的世界……而堂姐正间谍般悄悄靠近几只停在南瓜藤上的蜻蜓，但紧接着，堂姐的注意力被其他的事物吸引了：她发现，有的南瓜花的花心是凸出来的，而有的则是花苞形状凹进去的……堂姐被这个更有趣的现象深深迷住了，一时间忘记了蜻蜓，摘了一凹一凸两朵花，喊她过来共同见证这个神奇的发现，而她本能地将两朵花的花瓣四合，花心的一凹一凸正好完美融合……而就在这瞬间，一股奇异的情愫从她心底缓缓升起，她想起自己曾做过的那个关于在海上漂浮的梦——此刻的奇异情愫，似乎正来自那个梦中……两个少女被自己从两朵花中发现的自然奥秘感动得哈哈大笑，笑累了，顺势躺在被炎阳晒了半个夏天的草丛里休息，热气不断从草叶里徐徐升上来，冒着草气，温柔地萦绕着她们全身的皮肤。绯红色的云在天边慢悠悠地飘荡着，像是地球的灵魂。混着青草味的热气幽灵一样从她们的身体中穿过——飘到世界上去，它的存在也许早于人类，后来它们会飘到人间，去寻找一具可以居住的肉体，但大多数时候，它们没能找到，于是整日无聊游荡，无聊地看着春夏秋冬，无聊地看着人类慢慢进化，无聊地看着地球毁灭、人类消失，而它也只是飘到宇宙中，飘到玫瑰星云上，无聊地看着行星转动——直到全宇宙都消失了，它依然存在于黑暗空间中，和无尽的黑暗融为一体……一直到有蜻蜓轻轻停在她双腿间的粉唇儿上，她才发现那团热气幽灵，沿着自己的肋骨，永远地住进了自己的身体中……她相信她后来所有的热爱，都来自这团冒着草味儿的热气幽灵。堂姐对着停在她粉唇儿上的蜻蜓发呆，想去捕捉但又担心万一没捕到反而吓走了蜻蜓，于是只是这么凝视着，仿佛一直这样看下去，也算捕捉到了。一直到夕阳消失了，黑夜一点点升上来，蜻蜓也在稀薄的黑暗中，飞到更黑的黑暗中去了，两个少女才光着脚和小腿，踩着绊根草慢慢走回家去……快到堂姐家的时候，她无意回头，只见乡间小路两旁的杨树大而茂盛，远远看去，就像一座通往远方的门，她想，那只从她粉唇儿上飞走的蜻蜓，以及消失的夕阳，夕阳里那个神秘而又奇妙只有蜻蜓能带她飞去的世界，可能都躲在了那个门后……

直到此刻，她才想起那时候以为的那个门，可能和眼前酒店房间的这个门有些关联……然而即便是此刻轻佻的她，可能也是永远无法真正跨过这门的。

但她仍然随着他走了进去。

房间里安静得可怕——“喜欢听音乐吗？我带了CD机……”他说着，从背包里拿出CD机，放在桌子上。

她忽然灵机一动——“有酒吗？我们要不要喝点酒？我想喝酒……”

“我下去买吧，你先在这里听会儿音乐等我……”他说着，往门口走，在关门的时候又补充道：“我马上就回来。”然后门外响起了他渐行渐远的脚步声，随着他脚步声一点点地弱下去，她一点点地心花怒放起来。

她不紧不忙地打开CD机——里面的CD正好是她喜欢的女歌手的。于是她按下播放键——音乐火树银花般响起来了，充彻整个房间，似乎这个房间正在变为全宇宙中最有生机的房间……她环视了一圈房间，然后——她走了出去，轻轻关上门——

然后她飞奔起来，仿佛那个男子很快就发现她逃跑了要追上来……她感到既刺激又狂喜，感到自己正如之前的某个梦境一样——在疾速的飞奔中，双肩正发育出蝴蝶一样的炫目双翅……外面的大雨已经停了，潮湿的街道映照着五颜六色、水淋淋的霓虹光，她大步大步地踏过，畅快淋漓地奔跑着，直到两条腿因为交替的机械运动而逐渐麻木，仿佛不再存在——仿佛身体中的那两个自己也能随之消失掉……哦，就让那个房间、那扇门、那个陌生男子、那间电梯，以及在电梯里想到的删除掉记忆的唯一方法，这一切的一切，都统统远离自己吧……她加速狂奔着，有那么一秒钟，她感到自己似乎冲出了自己的身体线条……

回到宿舍，她一路狂跑的心久久不能平静……她喘着气，站在与人等高的穿衣镜前，看着镜子里的自己喘气——像是要把什么东西彻底从身体中喘出来一样，她为自己长久以来的歇斯底里感到羞耻、感到难过，她定定地看着镜中的自己：眼睛仍然没有更像水晶球一点，瞳仁深处的灵魂似乎终日游荡在身体之外，眉毛凌乱浓密像某种密码记号，眉峰里暗藏着一生的命运……鼻尖天真地上翘，仿佛动漫里的少男少女；整个鼻子横卧在整张脸的正中位置，却闲闲地不愿和其他感官有什么关联……嘴唇丰腴，唇角如花瓣，双唇间的唇线弧度恰到好处地展现着她内心本能的悲悯……脸颊宽广，因为宽广而寂寞如同月之暗面……然后那从整个人周身散发出的气息，如同薄荷喷发出的强烈薄荷味儿，清冽到遗世独立……这不是她想要的样子……她拿起旁边桌上的剪刀，一股强烈的破坏欲在心头痛快升起，快意爱恨之间，她举起剪刀，对准自己的头发们，咔咔咔，一缕缕头发随声而下，像是灵魂的眼泪，像是那些多余的自我终于被剪掉离她而去……而在这些头发离开她的过程中，她感到一种宁静的新生正在发生……直到这种宁静的新生彻底战胜了歇斯底里，她终于放下剪刀，重新看着镜子里的自己。

被剪过的头发像暴风雨过后的草原，过分凌厉而不合时宜地出现在她头顶，仿佛一个玩笑……而她却感到一种另类的满足。

等头发重新长好的时候，她就该毕业了。就可以在一个深不见人的夜，默默收拾行李，去往另一个城市。然后，从此，对整个大学时光，以及大学时光所在的整个城市，只字不提，仿佛这些从来都不是她的过去……

而这一天终于到来。一切都如她所想的那样发生了：时间是深夜，她扔掉了所有的行李，只整理出一摞日记和一摞诗集——这便是她这几年大学时光的全部生活。她浮起一个满意而虚弱的笑，再一次沉入到内心那座花园之中。曾经多么希望，此刻的目的地，是Alchemist的地址。然而，她终于足够完美到让他对她一见钟情了吗？

她黯然地低下头，头发即刻知心地将她的脸隐藏起来——除了头发终于长成了自己希望的样子，其他的皮囊，尤其是皮囊之上的灵魂，尚不够好……她注定只能偏离他的地址，去往滚滚红尘的社会，在接下来的社会生活中，埋头前行……虽然知道，前路上暂时并无可能遇见他，但至少，她内心已有了充满他痕迹的永恒居所——那座花园。而遇见他，仍是需要潜心修炼，然后才能发生的事了……

她拎着唯一的一小箱行李，永不回头地上了一辆出租车。

午夜的街头空无一人，只有路灯们低头回味着自己的灯光，而居民大楼黑洞洞如山，霓虹灯晃眼如水，出租车行经之处，只有夜风萧瑟地穿行，更加显得整座城市宛若空城——这正是她喜欢的。她看着这个城市一公里一公里地从车窗外一晃而过，一种解脱的狂喜在她心底蔓延开来……虽然是让她度过了几年美好青春的城市，她却对这个城市并无半点好感。此刻，随着一点点的离开，她感到自己的心就像一根羽毛，轻轻地飘了起来。她凝视着窗外的景色，对目之所及的路灯、长椅，以及仿佛要伸到天空之外和外星人打招呼的树梢，以及一切的一切，行着漫长的注目礼，以此与它们一一告别。

黎明前的机场总有种与世隔绝的荒诞魔幻感，时间在这里是混乱的，几万个人在这里即将离别，有可能和某个人见了此生最后一面，而不自知。而几万个人在这里即将面临重逢……她既没有告别谁，也没有要和谁重逢——如果一定要有，那就是她自己。

她在候机室读着小说，感到即将到来的命运在小说字里行间里流窜着，而她无法捕捉。

飞机起飞的时候，朝阳正在酝酿一次升起。她情不自禁地在空中的第一缕阳光中幻想着将来有一天，她去往 Alchemist 所在地址的途中，那途中她所见到的第一束光，现在这束光就在窗外，铺满整个云层——她幻想自己就是那云层，而铺满她全身的光，就像他正在地球上的某处轻轻抚摸她……全身酥软之中，她对未来充满了虚幻的希望……而就在这时，她发现自己似乎来月经了，于是她忽然感到，牵引她月经周期的，也许不是月亮，而是对 Alchemist 的情感……而这次旅途中的月经，就像一个明显的分界点，意味着她有一个全新的开始了……

抵达北京是在一个秋天的上午。北京的秋天是最迷人的，天空是一年四季之中最蓝的，而阳光是一年四季之中最清澈的——阳光在这个城市的这个季节是最有生命灵气的，给万物投上了仿佛成了精一般的灵动影子，而阳光的温度和照射方式，不由得让人猜测，此刻这个城市的经纬度和太阳之间的距离，恰好处于黄金位置。而在这之中照亮万物的每一道光线，都照出了万物本有的独特气味——如果有一天，她成为调香师，要调制的第一款香，便是北京之秋。

然而这样的美丽景色之下，她却面临着严峻的生存问题，有史以来第一次面向社会……和所有的毕业生一样，她百转千回地终于租到了房子，就像在茫茫大海胡乱撒网一样投了大量简历，然后一无所知只懂点头如小鸡地去面试，褪去所有光环地求职……这些兵荒马乱的年月，这样面临生存问题的现状，她只是咬着嘴唇，终日一袭黑衣，无爱无恨地默默度过……

那座花园在她心底成为这段生活唯一美好的地方所在，然而几阵秋风吹过、几场秋雨下过之后，令人恍然有了变幻时空之感……那些彻夜和 Alchemist 聊天的时光竟像前世一样遥远模糊了。她不敢再点开 Alchemist 的头像，但仍是每天习惯偷偷看他的博客，社交账号——关注他的生活动态，她只能以这样的方式和他在一起。可能，这同时也是她能坚持这种生活的强大精神支柱之一。

只能这样。

十月的时候，她终于找到一份工作——是一直喜欢的杂志编辑。当接到录用通知的那一刻，一种初恋般的甜蜜开心在她心中激荡了好几天……就连她最讨厌的冬瓜菜，都变成了可爱可亲可敬的冬瓜……

那天，她第一次迎着刚被黑夜送上来的朝阳去上班，阳光在她目之所及的一切事物上都镀了一层锦绣的金边，而一群飞鸟盘旋着从她身旁忽地飞过，她明白自此为止她终于跨出了经济独立的第一步，即通往自由之路的第一步，更是真正通往 Alchemist 所在地址的第一步。

中午休息时候，她特地去公司附近买了一个花盆，一些土壤，以及薄荷种子——她希望从薄荷的一点点长大中，清晰地感到自己正在一点点走向自由，走向 Alchemist。

临近下班，她伸了一个长长的懒腰，以表示对一天工作结束的尊敬。然后，作为她在经济基础上走向他的第一天，她点开 Alchemist 社交账号的主页，一条条翻看着他的生活动态，如同穿越到电脑屏幕里和他一条条地谈着恋爱——哦，他也终于毕业回国了，而且，最重要的是，他居然去了她念大学的城市——这是她之前和他说过的……她的心狂跳起来——啊，也许，如同她在图书馆中暗恋着他一般，他也在那个白雪茫茫的城市暗恋着她……也许，觉得自己不完美的人，从来就只有自己一个人；也许，他爱上一个女孩的原因从来都不是因为她足够完美……她把头埋低了几厘米，头发们立刻知心地围住她的脸，就像她曾经在大学宿舍用的蚊帐一样，为她创造了一个相对私人的空间，让她可以更加尽情地思考回味……

也许如果她留在那个度过了整段大学时光的城市，或者至少在那个城市多留几个月——哪怕只是两个月，就真的有可能，在街上走着的时候，迎面而来的陌生人真的就是他——然后他们会从人群中认出对方，然后他们会相视一笑——这是他们独有的暗号。当他们相视一笑，他们就会从彼此笑着的眼神中，认出对方的灵魂……而他为了这场相遇，也许也是经过精心策划的——也许早在她计划去往他的地址，住在他的对面之时，他也在做相同的计划，只是他将自己的地址留在资料页了，而她没有这样做——也许他的资料就是为了让她一个人看到而留下的……可是可是，这些也许都是另一些平行时空里发生的事情了，一秒错过，就永远错过……现在，她却只能在一间监狱一样的办公室，呆呆盯着电脑屏幕，任同事们一个个从她身边经过，下班走掉，然后整个空荡荡的办公间只剩下她一个人——哦，她也是喜欢这种人群慢慢走完，慢慢只留她一个人的感觉的……然而此时，这喜欢的感觉却飘得很远很远，仿佛并不是她的感觉，她只是沉溺在又喜又悲的设想中慢慢沉没，如同深陷沼泽……虽然，这些设想的事情永不会再发生，但仅仅这样想，已经觉得很幸福了……她的眼角忽然因这突如其来的幸福感溢出了几滴眼泪……泪眼迷蒙之中，她抬起头，继续翻看电脑屏幕上他的动态，这种一个人在一间屋子对着电脑亮起屏幕的状态让她恍然间像是重新回到了大学宿舍，然而，她对着这电脑屏幕发射过来的光，却不能再和他说些什么了……她只是默默看他发送给所有网友的消息——有时是一本书的读后感，有时是分享一首歌，有时是他的生活……忽然，她看到一个女孩的照片——在看到照片的第一瞬间，她恍然有种灵魂出窍到从照片里看到自己的幻觉——照片上女孩留着和她一样的发型，笑靥的光影间衬托出美好的脸颊，唇角却带着一抹纯真的邪气……然而这并不是她。

她对着这张照片反反复复看了十几分钟，才终于看到照片上的叙述——果然，照片中的女孩，正是 Alchemist 的恋人。

这么几秒之间，他——恋爱了？……不是和她。

哦……在她奔波于陌生城市，为了生存辛劳，为了能早点走在找他的路上之时——

他，竟然，恋爱了。

在她生活发生着巨大转变，心底的花园无暇照顾青黄不接之时——

他，居然，恋爱了。

在她上一秒还以为他去往她念大学的城市是为了她，他在资料页留下地址是为了她，而他们终有一天能够遇见之时——

他，和别人，恋爱了。

……

……她久久难以回过神，试着在寂如死灰的办公室发出一些声音来让自己镇定下来，然而一开口，那声音却离她好远好远，不像是自己发出的……她条件反射地干咽了一下嗓子，又伸手去拿杯子喝水，而杯子显得那么朦胧、那么遥远……

她一直在等自己足够完美，直到，他终于爱上别人了……直到，她曾幻想过的某种可能，终于发生了——

在某一天，她仍会去往他和恋人所在的地址，住在他们的对面，每日每夜，遥看一扇窗口里，他和女友的生活，她会在他们下楼的时候假装下楼——如果他们三人没能在楼梯口遇见，那么她仍会偷偷跟踪他们，走他们走过的路，去他们常去的咖啡馆，喝他们每天喝的那种咖啡……每晚每晚，看着那扇她朝思暮想的窗口变成只属于他们两个的窗口，而她仍会看着那窗口亮起又暗下去，猜测着他们会说什么样的对白，他们会以什么样的姿势拥抱彼此，他们亲吻彼此时各自都是什么感觉……直到他们发生的一切她完全感同身受、如临其境，直到他们两个人都住进了她的身体里，直到她爱上他爱的女孩，如同爱上另一个自己，她对他的爱于是从此变得更深、更广了一层，而她也依然能和心底的他们一起，分分秒秒，年年月月，过完此生此世，白头偕老……

想到这里，她终于获得了一些疲惫的宁静。她下意识地叹了口气，在寂静的办公间，这口气竟被放得很大很大，自己都吓了一跳……

她关掉了电脑。没想到有生以来第一天下班会是这样的，她苦笑出来，继而觉得还挺好玩的。她离开办公室，重新走在了街上。早上迎接她的朝阳已经变成了目送她的夕阳，她又一次从夕阳的余晖中，看到新生活滚滚而来——从此，这个世界，就是 Alchemist 终于爱上别人的世界了……

她默默低下头，专注地走路，乘车，回到住处，吃饭，看书，听音乐，看电影，睡觉……很多个日子都这样一天天过去了——有些日子，薄荷就只是薄荷。

不知这样过了多久，她把长发又剪成了短发，体重莫名减了 5 公斤，11 月之后是 12 月，12 号之后是 13 号，中秋过了，冬至过了，圣诞过了，元旦过了，新年过了，元宵过了，立春过了——又一个春天了——他们曾在去年的春天里聊天气，聊她被风带走的丝巾，聊各自读过的书……而仅仅就一年的时间，在命运之轮的巨大转动下，她逐渐成了一个普通的上班族，而他在她曾经生活过的城市，和别人恋起了爱，他们周围的世界日新月异：国家领袖换人了，新的社交软件出现了，周围的人创业了，出国了，结婚了，分手了……而她仍然没再点开他的头像，也没和别的人再恋爱——那么多的美丽节日都独自埋头度过了，那么多的美丽思念都只能在心底沉落成灰……还怎么能再去恋爱呢？恋爱逐渐成了一种科幻幻想……她看着街上的女孩，因为有了男友的陪伴而浑身散发着强烈的生命力，而自己，仍然只能脚踩平底鞋，内穿白色胸衣地默默度过一个又一个没有恋爱发生的日子——一天一天喂大着自己的修女人格……也许就这样，过完一生吧——也许，就连去往 Alchemist 和女友所在地址的幻想，也永远只能是幻想，永不会发生……

直到后来有一天——

那一天，和别的其他天并无什么不同，一整个夏天褪去了炎热，空气里隐约酝酿着秋味，然而阳光仍是炙热的，她如往常一样上班，开始一天的工作。而奇迹，就是在这个时候发生的——

她在某个网络社区，看到一篇童话——是一个篇幅很短也很简单的故事，讲一个女孩在土星上种植向日葵，然后在向日葵盛开的花间等待恋人归来，两人短暂重逢，共度片刻欢愉，然后恋人再离去，去别的星球寻找种子，找到后会返回土星，和花间的她短暂重逢，共度片刻欢愉，将新的种子带给她，然后离去，去别的星球寻找种子，而她则留在土星，将种子种成花丛，在盛开的花间等待恋人归来……

她的心莫名被这个看似简单的故事打动了，感到心底死去过的什么在字里行间如同故事里的种子一样萌芽了……电脑屏幕前的她眼前一亮，很快就用网络社交工具联系到这篇童话作者本人，商谈约稿事宜。然而没想到，他们一开始交谈，便滔滔不绝无法停止——他们有太多的相似之处，简直一拍即合天造地设，每次对方说完一句话，话中的某些点都能立刻引发另一方的强烈表达欲……就这样，自从她联系上他的那刻起，一连串的奇迹在短时间内密集地发生在她的世界：她的孤僻不合群，在他眼中，不过是像睡美人困于玫瑰藤蔓封杀的古堡，等待王子拯救一样罢了——她是被困于人间世俗，需要一个藐视世俗的人拯救……虽然她此前根本没在乎过这些，但听到他的这番见解，仍是忍不住在心底哭出来……她是一个狂热的植物爱好者，自诩暗恋所有植物；而他对植物的热爱研究，丝毫不亚于她，自称植物学家……而当她说，她不小心又把洗面奶当成牙膏挤在牙刷上时，他则就着这句话，编了一个洗面奶成精的童话故事，让她感到自己似乎生活在一个童话世界……渐渐地，她和他一起编起了各种童话故事，并通过这种编织，在心底建筑了一座童话城堡……

他们的聊天持续了三天三夜，而且几乎都是秒回对方，在这三天三夜里，她爱上了他的心脏，他爱上了她的骨头……夏天看似结束了，而她对他热恋的热，让她感到自己似乎穿越回了炎夏……她住在心底的童话城堡里，感到自己是全世界最幸福的公主，受他童话灵感的传染，她将他们这三天发生的事写成了个童话故事：

那肯定是在很久很久以前了吧，有个人特别喜欢聊天。聊天是件多么温暖美丽的事情啊，就像把水煮沸后水开出的滚烫水花。至于他有多么喜欢聊天，也许时间可以做证——他活了很大年纪，还没有遇到比他更喜欢聊天的人呢。

但是地球毕竟是圆的，如果没有比他更喜欢聊天的人，那么至少应该有一个和他一样喜欢聊天的人。并且总会遇见。

果然，在他胡子变白、第一颗牙齿开始脱落的时候，他遇到了一个 7 岁的小女孩，和他一样喜欢聊天。于是他们不停地聊啊聊啊，从来没有任何停顿或者沉默的间隙。以至于他们根本无法意识到时间的流动。

就算他们不能见面的时候，他也总是会对着她说话。也许他想让自己的话被她听见的这一意念太强烈了，那些话竟然都穿过空气、穿过森林和云朵，虽然有时候遇见龙卷风什么的会在一棵大树上缠绕很久，但最后总会落在她的耳边，就如同他们仍是面对面一样。

甚至他睡着的时候，话语也会跟随他的呼吸一起被带出来，飘啊飘，穿过星星和屋顶，落在她的身边；即使她睡着，她身体的毛孔也都能听到，然后她的话也会跟随呼吸被带出来，沿着他的话的来路，返回他身边。

总之，自从他们遇见后，聊天就不曾停止。

不过幸好人都是会死的。在他掉落了第四颗牙齿后，他去世了。

她不知道，仍然继续和他聊天，那些话传啊传啊，大树传给风，风传给云朵，云朵传给小鸟，小鸟传给大树，传到他身边，他再也无法感知到了。可是帮他传过话的大树、风、云朵、小鸟们都记得他曾说过的话，于是就把他过去说的一些话重新传了回来。于是“他们”还是不停地聊天，从来不曾停止。

直到小女孩到了头发变白、第一颗牙齿脱落的年纪，她忽然想到，哦，天啊——他的年纪是不是有点太大了，超过了一般人的寿命限度。她费了些时日找他，才得知，他早已去世了……

这么多年她忽然沉默了，有一秒多钟，停下了正在说着的句子。

世界霎时安静，但那些曾说过的话排山倒海地从四面八方涌来。

她想她的幻听是什么时候开始的呢？她初潮的时候？乳房开始发育的时候？

……

——她怎么可能知道！

可是不管怎样，有人能一直聊天不止，是件多么温暖美丽的事情啊。那一秒多钟后，她又听见了他的话。

不过她现在不聊天不讲话了。她喜欢坐在窗边听话——从四面八方传过来的话，是谁说的不重要，好玩的是那些话尚有小鸟身体的余温，有时甚至还有落叶的影子，运气好的话，还能闻到新鲜雨露的味道呢。

她怀着热恋的心情，写出的却是个悲伤的故事——也许只有至悲的故事，才能承载她至喜的心……

和他认识的第四天，是一个美丽的星期五——直到成为一名上班族，她才真正发现，原来世界上最美丽的时刻，就是星期五傍晚，而这种美丽，大概从星期五中午就已开始酝酿——就像救世主在朝着人间渐渐靠近，就像看到希望正在冉冉升起……那天，还是 8 月 13 号——这个日期她记得非常清楚——哦，她怎么可能忘记那一天，以及那一天在人类现有纪年法下被排列的日期号码？那一串阿拉伯数字，已成为牵引她活在这个星球上的唯一重力。

那天他约她傍晚 7 点在一间咖啡馆见面。她兴高采烈地应允，仿佛她一早知道，事情除了这样发生，简直没有别的方式。

她的心随着下班时间的临近，就像一点点被煮开的水，终于在下班的那刻沸腾起来，她飞快冲出办公大楼，走到世界上去——然后她发现，外面的世界已经全变了——她感到此刻自己成了世界上最幸福的人，而整个世界的序列因此重新排列了，仿佛向日葵不再围绕着太阳转，仿佛北极点的四面八方不再是南……她穿过来来往往的男男女女，脸上的傻笑抑制不住她内心的骄傲，乘过一段车——她仿佛乘着车从夏天正在穿越回春天，去赴一场永不醒来的春梦。

她愿意相信她想要见到他的心情更为强烈一些，从而导致了她所乘坐的车飞一般地快速，并且让马路上其他的车都因她而自动让路……当她抵达约定咖啡馆的时候，他仍堵在路上。

她坐在靠窗的位置，看着街上人来人往、人山人海，感到自己所处的咖啡馆正在慢慢变成海中的孤岛，她在岛上遥望——她知道会有一个人终将从人海中向她走来，体内携带着她所喜爱的一颗心脏，而时钟一秒一秒往前走的声音，正是他携带着心跳一点一点靠近她的声音……她情不自禁地对着外面的茫茫人海笑起来……

一小时后，他终于出现了。

四小时后，她决定和他回家。

终于，她和他一起，来到他家窗口下。而他忽然想起什么事，说了一句，“你在这里等我一下……”然后，他就大步流星，迅速沉入到黑夜中。

剩她一个人站在月亮下，呆呆望着他家窗口——这并不是她最初一心想要去到的那扇窗口，然而也正是她最初一心渴望的那扇窗口，才将她带到了现在这扇窗口之下。

而，究竟是什么支撑她站在这里，而不是那里？为什么发生在此时，而不是在别时？

她深深闭上了双眼。

香水：灵魂与沉沦

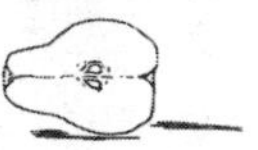

他从身后紧紧抱住她——这个拥抱完全在她意料之中——进入这个房间起，她就早已被他的气味所完全拥抱，现在他的手臂代替了那些气味，抑或是那些气味成了精，幻化成了他的手臂。他的唇靠近她耳边，唇语一样几乎没有声音地说道：“去洗澡吧。”

她张开眼。

他从远处的黑暗中渐渐走过来，面容一点点清晰起来，走到她身边，将一把牙刷递到她手里。然后，他像对一个家人那样对她笑了笑，右手一把搂过她的右肩，拥着她，朝着通往他家窗口的楼梯走去。她感到他的臂弯就像仲春般温暖，在她全身制造出一个春天来，催开了她全身每个毛孔，千朵万朵的灵魂之花喷薄出她的肉体之香……她感到自己再也难以抑制住身体中那个纵情放荡的人格，而也许，这茫茫的楼梯路，通往的不仅仅是他家的窗口，更是自己此后的命运……

也许刚刚站在窗口下等他太久，一直到她和他开始上楼，她仍觉得有个自己依然站在原地，呆呆望着窗口，望着他们上楼的背影，望着月亮——通过月光望着地球上的一切……

如果从此就要活在她凝视的目光之下，此后所发生的一切都被她的瞳孔如摄像机般录制下来，存储进她脑中的海马体中，那么她也会在她的凝视中，在她的监督之下，不断超越自我成为更好的人……楼梯一阶一阶地抬高着他们，她赴死般的心也一点一点地逐渐浓烈而坚定起来——她像是很清楚，也许再过一小会儿，心底那个只穿白色胸衣、只穿平底鞋的修女人格，便彻底从她心中死掉了，且此生再也不会复生……然而，在这一小会儿中，在这个世界上，再也没有什么比此刻包围着她的爱情重要了……她才明白，这一小会儿的爱情，是她的生之源泉，她的死之归宿，是她到达永恒的唯一道路。

为爱献身，是她目前为止所懂得的唯一的英雄主义。她想到——那个决定性一刻是怎样发生的，而那一刻发生之后，自己将如何重新面对这不堪的人生——过去重要的事情在这一刻之后不再重要了，过去自己一直坚持的某些观念从此微不足道了，过去自己心中在乎的一些人，也不得不因此而无可挽回地疏远了——她过去的人生将全部重新改写，她亦会疼得失去任何知觉，仿佛经历了一次小的死亡，然后就可以名正言顺地葬送造成这一刻发生的所有过去。她甚至没有多余的细胞和意识再去想这一刻过后的全新人生，只能在结束后，像一块完全被融化掉的巧克力摊在他身边，然后在他逐渐进入睡眠之时，在他大海潮汐一般的呼吸声中，在她的意识逐渐恢复之时，望着窗外越来越深的夜，一点点接受刚刚发生的一切，然后在这一切之上，畅想此后可能会发生的人生。她想她这一夜注定是无法再被睡眠世界所接纳的，然而她又是如此需要做一个梦——她相信，梦境会给予她一些来自神谕的暗示……

想到这里，长长的楼梯终于将他们送到了六楼，他家的门，赫然出现在他们眼前——就是这扇了，她想——这就是小时候和堂姐看瓜回家的晚上，光着脚和小腿走在乡间小路，一回头看到的两旁树木无限延伸下去、仿佛通往某个门的那扇门，那扇门从那一刻起，就长在了她小小的心里，伴随着她一起发育、长大，而此刻，她终于来到这扇门的面前……

她等待着他拿出钥匙，转动锁匙，如同转动她的生命密码——为了打开这精巧的锁，她努力了二十几年，终于修得一把钥匙……

就在此刻，他已转动钥匙，将门打开，然后，望着她望着他的微笑双眼，微笑。屋子里他长期居住的味道立刻紧紧包围住她，刮蹭着她的皮肤，令她在他的生活气味中，若有似无地还原着他在这里的生活……这个房间并没有像她幻想的梦中那样，被隔成一小间一小间，除了童话风格的长颈鹿吊灯、考拉挂钟之外，也没有其他任何形式的动物，没有女性物品……她打量着他的房间，而他在她身后，逐渐靠近过来，然后她会感受到周围的空气因为他的逐渐靠近而一点点浸染着他的味道——她情不自禁闭上双眼，深深地吸了一口这和他相距仅16里面的空气味道，然后，她会深深记住这味道，铭记一生，然后这味道会在她的记忆中，随着两人关系的发展而变味，然后有一天，当她成为调香师，她会将这味道调制成一种香水，名字就叫“16厘米的恋人”。前调以水蜜桃、蔷薇为主，中调以合欢、桃花、桃叶为主，后调以铃兰、雪松为主……她幻想着这款香水最终的味道，然后在自己的幻想中，深深沉沦下去，下去——就像心甘情愿地陷入沼泽，一点点看着自己越陷越深，便越来越慷慨就义……

他从身后紧紧抱住她——这个拥抱完全在她意料之中——进入这个房间起，她就早已被他的气味所完全拥抱，现在他的手臂代替了那些气味，抑或是那些气味成了精，幻化成了他的手臂。他的唇靠近她耳边，唇语一样几乎没有声音地说道：“去洗澡吧。”而来自他口中的热气，随着这四个字，一波一波地喷向她的耳朵……她忍不住转身，伸出双手渐渐环抱住他：“嗯。”她感到她这里说出的“嗯”，就像她环抱的双手一样，是圆形的，就像是某种句号。

然后他一把抱起她，将她的双脚放在自己双脚上，这样带她一步一步走向浴室。

他让莲蓬头洒下热情的水，他让洗发香波洁净她发间隐藏的所有小秘密，并散发出他在她身体中制造出来的香气，他让牙刷清除掉她牙齿中的所有记忆，并让她的牙齿们散发出贝壳般的白光……这些无穷无尽来自上天恩赐的热水，冲刷着她的身体线条，鸣奏着对她身体轮廓的哀歌，那永远只住在白色胸衣中的胸部，为何激荡着一股悲壮？那茂盛可成森林的毛发，为何每棵都忘了自己的名字？一波一波的水，不断从她身体经过，流入下水道，过去种种，从此滚滚而逝……

这难道就是她曾经幻想过无数次的第一次？合欢花并没有铺满床单与地板，全世界的窗帘并没有都变成蕾丝白纱，南瓜只是南瓜，豌豆只是豌豆……但这又有什么关系呢，他已经在她心中，筑下一座童话城堡，而她，一定是住在城堡中最美丽的公主……

莲蓬头停住了，一些水珠在身体上，像是身体的眼泪，又像是上天恩赐的宝石……她用他的毛巾，一点点将它们擦掉，就像一点点隐去过去自己内心对今夜的幻想。

然后，她套上他可以当作裙子穿的衬衫，将那个忐忑的，仍然在做准备的她关在了浴室——是的，永远不要让她做准备，因为她永远不会准备好。然后，她一步一步走向那张命中注定的床——依稀之中，她感到这张床应该有一个她起的名字，然后，“春梦床”三个字就无形地浮现在了空气之中。而刹那，她曾做过的所有春梦，一齐在眼前的床上上演。她不由得感到，原来自己对这里，早已经很熟悉很熟悉了……

她视死如归地爬上了床，躺下，想象着他洗完澡后，会以怎样的步伐走到床边，对她说的第一句话，又是什么……而此前的所有人生，已经像前世一样遥远模糊了……不知过了多久，她依稀听到他渐近的脚步声，义无反顾地深深闭上了眼……

她听到他越来越近的呼吸声，像来自某个洋面上的飓风，从她身体上呼啸而过，所到之处，身体山峦颤抖着向各处传递着风的情报……然而，还没等她全身竖起的汗毛从这种暴风中平息，她又隐约感到有一双水母似的手，温柔地抚慰着飓风过后的身体原野，她的心中淌出一阵温柔，伸手去抚摸对方的身体，吻大珠小珠般滚落在她身体上，她感到心中淌出的温柔正在凝聚成小时候梦见的自己裸身裹着塑料纸漂渡的那片海，而那片海越来越大，越来越无边，直到自己完全成为了那片海……而双腿通往无限未来……

疼。

就在这1秒钟之中，尤梨全身所有——约共60万亿的细胞们，全部只剩下这一种感觉。

她全身所有的神经末梢，似乎都变成了一个个针尖，在这一瞬间，一齐刺向她。

她感到她立即遁入了一个绝对黑暗的空间，这个空间中，只有自己的肉身，正在这些密密麻麻、无以计数的针尖上，胡乱跳着某种舞……

而就在同一瞬间，世界上会有多少女人，正在拿着口红，在双唇上涂抹？随着一次次的涂抹，她们的双唇在她们的双手下越来越丰饶，像一点一点长大起来的初夏杨梅，一点一点越来越红，就像尤梨此刻即将滴出的血……

为了刚刚涂好的红唇，抑或为了庆祝即将流出的血。

她们，和尤梨一样，通常会选择微出一个笑来庆祝——即使尤梨的大脑在这一秒钟，根本来不及反应过来通知脸部肌肉要笑出来，然而在她的身体之中——虽然说不清具体是在哪处，但可以肯定一定在某处，也是蕴含着这种笑的。

而在她们笑着的嘴唇之上——嘴唇之上的世界是一个巨大的吻。

所有的事物都亲吻了她，而她仍然处于那个疼之中。

她感到自己正慢慢变成了疼的附属物，随着疼的感觉越来越重，自己越来越轻……越来越轻——轻得飘了起来，飘过自己曾仰望过不知道多少次的云朵们，飘过所有人的头顶，俯瞰着自己曾在这个星球上的生活轨迹——如此渺小，如此微不足道——她因而变得更加轻了，轻易地飘过了地球大气层，仍然越飘越远……好像就要这样一点一点地从这个世界上彻底消失掉。而依稀之中，她似乎又本能地知道，也正因为这疼，才更能肯定自己是在活着。

在她的远方，种子正疼痛地钻出土壤，成为痛苦的幼苗；牡蛎正疼痛地哭泣，哭出痛苦的珍珠……这是一个因为有疼的存在而得以生机勃勃的世界。

她整个人已完全充满在了这个疼之中——以至于她完全丧失了对疼的感知，不再感觉到“疼”——这种疼，已经让全世界所有的事物都变成了以疼为基本单位的存在。

上帝通过疼，赐予了她这一秒钟，又似乎通过这疼，偷走了她这一秒钟——她在这一秒钟之中，已经完全忘记了此刻自己双腿间的男人，以及这之前她自以为深爱的男人的心，以及他身下的正处于开放状态的自己的身体，身体之上那无时无刻不在默默审视着自己的她的灵魂……

而其实，她脑中的海马体们记得这一切。虽然，她在这一秒钟里面，连自己的海马体们也全都忘了。

而海马体对这种疼的感知记忆，正从这一秒钟的起点开始，像拉丝一样将这一秒钟越拉越长，直至这一秒钟成为一种高空钢丝一样的存在——尤梨就像走钢丝一样踮起脚尖，伸开手臂，紧闭双眼，小心翼翼地随着越来越长的钢丝一步一步地向前行走……前方通往何处呢？无论何处，她都明白——她的余生，从此都只能建立在“疼”这个字的基础之上——这疼中蕴含的她此后的命运，缓缓从她身下铺展开来……而她整个人，则将永远坠入这疼的深渊之中……

她在疼之中，在一个她自己都没有发现的内心某处，隐约感到，在她终于穿越了这一秒钟之后，会去往下一秒钟，而下一秒钟——包括下一秒钟之后的世界，已经是另外的世界。在这个另外的世界上，她无可挽回地成为了另外的她，一个她从未想象过，超出她认知范围的她，就像骑在一匹疯了的野马上，完全超出她的掌控范畴……

然后她会在他的怀抱中，转过身去，回想以前的自己——就像溺水前的最后挣扎，她会想起她的 Alchemist，然后在心底默默将这段记忆打包，放置在内心抽屉的最后一层，然后用自己也不知道密码的密码锁锁上，然后她会再哼唱起他曾传给她的一首俄语歌，就像在为这段记忆举行一个隆重的葬礼……她会想起那个陌生男子——然后终于发现，他早已轻如鸿毛般从她心中飞走……然后，她终于还是会想起她的 17 岁，麦田，那个人……而这段记忆，早在几年前，她已小心翼翼地打包，但在后来的时光中，她选择反复炸毁——然而即便灰飞烟灭，她对着这灰飞烟灭，始终仍然无法释怀……现在她也终于只能再将这些烟灰打包，放入随便一个不起眼的内心抽屉之中，只期望有天能够侥幸忘记自己还有过这样一个包裹……而她的高跟鞋之梦，她小时候看过的机车神秘女郎……却都野草般在她心中疯长起来……她会终于在某个罅隙间，才回想起其实自己一直以来都是渴望那一秒钟会发生的——也许只是因为，那一秒钟之后，她再也没有什么可恐惧了……

就在她翻来覆去的胡思乱想之中，他早已沉入睡眠之中，从他周身散发的睡气让她恍然觉得他似乎不是许路，而是一个别的什么人——这睡气充满了她不了解的陌生疏离，而她只能依靠一扇仅有的窗口，看着外面越来越浓的夜——她对黑夜这种慢慢变浓的过程是如此熟悉，熟悉到仿佛这也是她的某种发育过程……

她无法从这些剪不断理还乱的思绪之中坠入亲爱的睡眠，然而她迫切地感到自己如此需要做一个梦——她的众神将会在梦中用独特的方式和她交流……就这样，一直到凌晨四五点，夜色浓得微微发蓝起来，她才兵荒马乱地在他海浪一样的呼吸声中，想象自己是躺在大海边，向上天祈求一个神谕的梦，然后她就会迷迷糊糊睡着，进入众神编织的睡梦世界……然后她会梦见自己走进了一个房间——就像之前自己走入这个房间一样……然后她推门进去，她会发现，这个房间被隔成了一小间一小间的，而每间里面，都囚禁着一只动物——眼神凶狠的老虎、毛发耸立的狮子、保持着起跑姿态的花豹……然后在凝视这些猛兽之时，她就会发现，自己原来也是像这些猛兽一样的另一种猛兽——并且和这些猛兽一样，被囚禁在这个房间……作为这间小小动物园园长的许路，正在到处巡视查勘，看到自己，竟然像看一只陌生动物一样严肃冰冷，和观看一只狮子或一只花豹时候的表情、眼神并无什么不同……然后她会惊醒过来，而梦中的那种陌生冰冷感将在现实中依然持续，甚至没有什么能将这种陌生冰冷感彻底驱除——这份陌生冰冷将隐蔽得仿佛不存在一样奠定着他们往后的发展基础，成为巨大而不为他们所知的隐患……

而就在这个时候，他会醒来，然后侧过脸，看到身旁的她起伏而延绵的侧脸，然后他会扳过她的身体，这样他们就可以面对面了，这样他就可以好好看一看之前没来得及看到的她——她的眼睛，为什么她的眼睛总隐约有种女巫水晶球的感觉？而这种感觉，他只在作品里描述过，从来没见到过任何一个人的眼睛真的有一丁点儿是这样……再看看她的眉毛，黑得发亮而又粗浓，仿佛一株性欲茂盛的椰子树，眉峰暗示着她一生的命运……鼻头圆圆地上翘，可爱而纯真……脸颊宽广而唇角盛开着微笑……他不知道她为什么拥有这些样貌？在这些样貌的背后，她是怎样一点一点长起来的？而携带着这些样貌的她，是怎样穿越万水千山，穿过人潮汹涌，最终来到他身边的？他只觉得这一系列的事情都是一连串的奇迹，于是他什么也没说，只是在她额头上深深一吻，以表示对这些奇迹发生的感谢。而她会因为得到这个吻，暂时忘记梦中的陌生冰冷，对他回以深深的微笑——就像她此前练习过无数次，要对 Alchemist 完美一笑然后让其在瞬间爱上她的那种笑。然后他的心会被她的笑莫名击中——却一时间说不出她这个笑背后所隐藏的玄机，只是本能地表达出内心此刻的情感："我喜欢你——"然后她全新的人生，将从他说出这句话之后的落音中，正式开启。而对她来讲，世界上再也没有什么比这四个字更重要了……她的余生，都将因为有了从他口中说出的这四个字而熠熠生辉……

"你愿意做我的恋人吗？"他迎着她的微笑，补充道。而她一时间在寻找着全世界最美丽的词语来表达她的意愿，却忽然发现，字典里汉字的美丽都还不足以表达她内心的美丽——她简直想要重新发明一种只有他们两个听得懂的语言符号来回答他，怎奈之前他俩还未发明出来……情急之下，她只好脱口而出一句简短的英文："I do."然后他们会在这两个英文单词所带来的婚礼气氛中，笑意盈盈地望着对方，再度相视一笑。

然后他们会再度相拥而眠，温习着昨晚发生的一切，然后，他们会共同面对昨夜她独自一人凝视着的，一点点亮起来的窗口——这窗口之外已是万里无云的好天气，窗外的一棵合欢树探出一个枝桠让他们看到，以让她确定现在依然是盛夏……然后他们会起床，他起床的第一件事是去阳台，给他养的盆栽植物们浇水，而她会在一旁看着他浇水，仿佛她是另一盆盆栽植物……她的心柔软起来，转身去看窗口外面的世界——只见阳光烈烈地照在绿色的叶子和杂草上，而叶子和杂草似乎在冒出看不见的炎炎香气，似乎在用这种香气，和阳光交谈着什么……而这整个盛夏的光景让她想起自己第一次性觉醒的那个盛夏午后——大概在她13岁，那是一个炎夏，在一个静谧的午后，知了在树梢把所有的事物都叫得很远很远了，绊根草烤软自己的身体发出神秘香气……记忆中的这个情景渐渐和眼前窗外的光景合二为一，她像是忽然又回到了13岁，然后从那时起到现在这刻的她，这中间10年的漫长成长，有的人格消失了，仿佛不曾存在过——比如那个纵情放荡的人格，而有的潜在人格被瞬间激活了，然后无限放大，仿佛这个人格才是占据过去10年的主要人格之一——比如那个贞烈无邪的人格。就在他给花浇完水的这些时间里，他还不知道，她已经坚决了一生只爱他一个人的心。

然后他会放下浇花的洒水壶，去厨房做早餐，而她会坐在桌前，将脑袋里从昨夜到现在构思好的诗句写下来：

靠近

在空气之中，风连接了世界：
屋顶，你的轮廓，远方，
以及我潮湿的双手。
伸手，就像世界一样一无所有；
就像地球空无一物；
就像，你站立在我手的背面。
所有幻觉都来自
夜色越来越深。就像大雨滂沱的海，
越来越贴近云。

我靠近你，

也许就用海葵般神秘的触觉。

然后她会拿着诗稿，慢慢靠近正在炒菜的他，然后从后背抱住他，一句一句念给他听。而他会在菜香的油烟之中，幸福地回过头，对她笑着，说："我好像捡到一块宝。"然后，吻她的额头……而她因为他的吻，感到自己正在变为一块稀世珍宝……

然后他会把炒好的菜盛在盘子里，端到桌子上——然后牵起她的手，带她来到桌旁，一起共进早餐……因为她吃下了付出他劳动成果的早餐，她全身的细胞们便会误以为他也算是它们的主人……而他们因为吃下相同的食物，因而有了妙不可言的共同基础——这些食物，将他们的命运，紧紧捆绑了一小会儿……然后他们会这样牵着手，过完剩下的八月。

他们会在吃完饭后出去散步，他会带她去看一栋城堡一样的建筑，"我以前经常一个人来看……"他说着，让她感觉到他正将她带往他的世界，让她再一次记得，他是她不变的归宿……走过一个路口，一个红红的尖塔形状的屋顶出现在他们眼前——像是会有公主随时打开窗户，对他们招手，邀请他们去做客……她微笑起来。

"所有的童话故事，你最喜欢哪个？"他适时地问道。

"《哈尔的移动城堡》吧。"她简洁地回答，而心底霎时间涌现出更多的童话故事:《海的女儿》《灰姑娘》《野天鹅》……小时候，她最喜欢的童话是《灰姑娘》，因为全宇宙都在支持她的爱情，南瓜为了她的爱情变成了马车，水晶鞋为了她的爱情只让她才能穿得上……然后她就可以理所当然地穿上水晶鞋乘着南瓜车去和王子跳舞……以至于很长一段时间内，时间之于她的意义只在于12点一到，灰姑娘就会现出原形。而她最害怕的童话就是《海的女儿》，她甚至觉得，如果她是美人鱼，她也许不会选择用声音去交换双脚，也许会一直一直单纯快乐地活在她的大海里，一直一直单纯快乐地思念，始终在距王子最近的地方，为他歌唱……原以为自己的命运会像灰姑娘，但她的生命中却从没有遇见那样一双水晶鞋。最后她只得承认，自己的宿命是美人鱼，为了一滴眼泪，遗弃整个大海……再后来，她不再喜欢说话——语言符号尚不能完全准确地将她心中的所思所想表达出来，传达到对方心中。因此她喜欢上了沉默，所以她喜欢那个受了诅咒不能讲话的公主，所有她一直有个梦想，就是可以一句话不说地织蓖麻毛衣就可以不劳而获地遇见王子，嫁给他而仍然一句话不说地织蓖麻毛衣……

然而她却无法对他回答以上三个童话中的任何一个，因为无论回答哪一个，他都会从中窥探到她内心不愿让他看到的胆怯和伤痛，而只有《哈尔的移动城堡》，寄托了她对这份爱情最美好的心愿……

“你呢？”她温柔地反问，掩盖着内心隐藏的这些童话们。

“《幽灵公主》吧。”他笑笑地看着她的眼睛：“我们喜欢的都是动画，而且都是同一个导演的……”他抚摸她的头发。

她回以深深的笑。而就在这时，天空中忽然落起了零散的雨滴，像是哪位天使在云端，弄断了自己的项链。她仰头望天：“下雨啦。”她伸出手，触摸着雨滴……

“回去吧——”他会搂过她的肩膀，带她原路返回家。

她是如此喜欢盛夏如热带雨林般的气候——总是会突然下起雨

来，就像一些突如其来的性欲。而眼看雨开始变大，即使他们极速跑回去，也免不了淋雨——就像她在17岁时，常常在细雨天跑去操场淋一点雨——她极爱细雨粘到发梢上的美感，而后来，想要忘掉17岁所有记忆的心，让她不能再有这种喜欢……但此刻，一切都是崭新的，只要和身边的他站在一起，就算重拾17岁的淋雨之心，她也不再惧怕——此时她才发现，曾经在心理咨询室想要切除掉那段有关他的记忆的那个人，曾经在深夜卫生间令自己对月当哭的那个人，曾经辗转反复总梦见的那个人——虽然仍记得他，但这段记忆遗忘与否，已不再重要了……

她躲在他的臂弯下，往回走，而就在这时，路边奇迹般地出现了一把半破的雨伞……看样子是被人丢弃的。而他们看到伞后，不约而同地看看对方，然后相视一笑，并心有灵犀地感到：这似乎是上天对他们的眷顾……他走上前，捡起伞，满含笑意："哎呀，我捡了块宝……"她的心被他深有用意的双关语打动了一下，低头含羞一笑，感到自己变成了害羞草……她上前挽着他的胳膊，和他一起慢慢往回走着……而世界终于像她无数次设想过的那样——小到只剩下他们头顶的一把伞，茫茫雨帘将其他所有的事物都隔离了，疏远了，眼前只有伞下的一方空间是存在的——只有她和他，无限贴近着彼此……

回到住的地方，外面已是滂沱大雨，无穷无尽的雨气源源不断地从窗外弥漫进来，他们关上门，两人一起浸入雨气之中，任由雨气将自己每个毛孔的知觉氤氲得更加灵敏起来……然后再若无其事地浪费掉这种灵敏……他们会选择看电影来度过这个下雨的星期六。随着电影的展开，他自然而然将自己代入了男主角并将她代入了女主角，而她亦然。然后这场看过的电影，就像他们共同拥有的前世记忆，他们因而有了生生世世的爱恨情仇……她也许会在他身边随着故事的推进和雨气的诱惑，迷迷糊糊昏睡过去，然而她梦到的却不是他和她顺着她睡着的地方演完了剩下的电影故事，而是梦到，终于有一天，她身穿世界上最漂亮的白纱，挽着他的胳膊，走在铺满合欢花的红毯上，走向舞台……在彼此说完“我愿意”后，他们开始交换戒指——她就是从这个时候内心开始隐约不安的……果然，啊——自己的无名指竟然如此之宽，无论如何都戴不上戒指，慌张和焦虑之中，他的另一位女友冲上前，推开自己，戴上了戒指，然后摇手向众位宾客展示——看吧，我才是最终适合他的那个人……而她的慌张和焦虑慢慢变为了深深的悲伤——悲伤正在让她越变越小，越变越小，仿佛一只蚂蚁，仿佛已经从这个世界上消失掉……她听到亲友们到处寻找她的声音，然而她宁愿自己从此以这样小到几乎不存在的方式活着，以这样在所有人生活中淡出的方式活着……她逐渐从这个梦境中醒过来——电脑屏幕上仍在上演着电影，而自己仍然躺在他的臂弯之中，但刚刚梦中的悲伤感明明是那么真切……她用自己强大的理智一遍遍地告诉自己：刚刚的那些都只是梦——现在回到了现实，在现实中，你的神经元，你的心脏，你的大脑回路，你的海马体，你的每根头发，每根睫毛，每个细胞，都是爱他的，甚至你所有血管的走向都是走向他的内心的——在他的内心深处，也是深深爱着你的……你最好相信——因为除了相信，你没有别的办法。然而即使如此，她仍无法抹除那些从梦境里散发出来的深深邪恶——就像有一个强大的魔鬼在背后操作着这一切……而这些梦，她从来不敢对他说起任何一个字，她怕一旦说出来，就会诅咒般地一点点地实现……

每一秒钟都足以让上一秒钟恍如前世，每一个梦境也都足以让进入梦境以前的人生万劫不复。她起身，背对着他，缓缓向洗手间走去，一步一步接近着昨晚沐浴的地方……现在，她终于又来到了这个地方——地面上丝毫没有水流过的痕迹，然而她明白，此后，她再也无法成为一名修女了……她被这个悲伤的发现抬得很高很高，并痛苦地享受着这高度，然后在这高度之上，审视着正在撒尿的她：新陈代谢并不能让你更接近完美，幻灭吧，人类！她撒完尿，命令自己努力暂时无视这审视，然后，她终于理出一个正确的思路：不再有任何恐惧。

当她知道女性的阴道是一条通往身体内部深处的道路这一生理事实之后，她就本能地对这条道路充满了深深的恐惧。而到此刻她才发现，这一恐惧是她人生中全部恐惧的根本之源，这一恐惧可能在她不知道阴道是一条通往身体内部深处的道路这一生理事实之前，就已深深存在她脑海之中——像她害怕过的自己 13 岁时长出的第一根人毛，害怕毛毛虫，害怕 12 岁起胸部的突起，害怕蛇，害怕拿起一只玻璃杯的时候因为失手而打破了它……支撑起这些害怕背后的力量，全部都起源于这条道路——这所有的害怕意象，都是这条道路的某种衍生而已……

现在，她终于穿过了这条道路，仿佛可以就此周游世界浪迹天涯，再也——再也没有什么让她感到恐惧了……即使，她仍然害怕毛毛虫和蛇，但这也仅仅只是害怕而已了……

她微出一个笑，仿佛在感激命运终于这样发生，仿佛她真的可以“爱命运”。

电影结束了，他们在片尾音乐中起身，去厨房做晚餐。她和小白菜叶子们在欢快的自来水下一一握手，净化彼此；黄豆芽在锅里做最后一次发育之梦，然后悉数躺在她面前的盘子里。大米和水的感情逐渐升温，终于，水沸腾着蒸发消失了，米开出了花儿，千疮百孔……她拿起菜刀，杀开一只柚子——柚子羞涩地向她袒露着内心，而她选择一言不发地吃掉它——因为是和他一起吃掉的，因而这被吃掉的柚子中也有着他的味道混入，然后他们因为吃掉了对方一点点而更加相爱……

就像房间外面的大雨一直没有停，于是房间变成了茫茫雨中的一艘大船，漂流在世界上天涯海角……

“其实，我们每天都在撑着地球环游一小会儿宇宙……”她忽然想到以前自己静坐着发呆时常常想到的一个场景，脱口而出。

“哈哈，这么多年，终于有人和我想的一样了，是呀，所以那些正抬头看着云，看着星星，谈论着天气的人是浪漫的。”他激动地笑着，靠近坐在沙发上望雨的她，并排在她身边坐下，习惯性地将手放在她的大腿上。

“如果这样的话，古人们岂不是更浪漫——日出而作，日落而息，活得像向日葵一样……”她起身，爬到他身上，正对着他，坐在他腿上——她如此喜欢这个姿势，仿佛在这个姿势中，她终于表面上成为了自己最想成为的那种神秘而又纵情的女人……

“古人为了看月亮，就发现一年之中只有八月十五的月亮最圆，然后特意发明一个中秋节出来……这种崇尚自然的生活方式和我不谋而合……”他说着，一把抱起她，像拿起一件衣服一样，扔到床上。

然后，坏笑地看着她。

“我也是我也是，道教的很多理念，也和我不谋而合……”她兴奋地沿着他的话说着，脸上带着从他脸上传染过来的那种笑。

他像个动物一样扑向她，她发出动听的笑声——像之前做梦梦见过自己变成了台灯公主，她一直认为，自己的真相也许是一位手风琴公主——声音是唯一可以穿越肉体的肉体产物，就像人的灵魂一样。

窗外的雨气仍然没完没了地溢进来，缭绕在皮肤上，像是来自雨的性骚扰，他们将房间的灯关到只剩床头最后一盏，昏黄朦胧的室内光线就和室外绵连的雨搭配得很完美了……然后，他像变魔术似的拿出一本神秘的书——并朗读给她听——这是她以前最厌恶的行为之一——朗诵诗歌，而此时，当这个行为由他为了她而做出之时，她却变得喜欢起来，尤其——背景音乐是窗外绵延的雨声。

紫色密集光中的两个人

我之欣然被旅馆的门房拥抱

恰如从月光中得到的

无非是你潮湿的双手。

成为我耳中夜和佛罗里达的声音。

用朦胧的词语和朦胧的形象。

暗淡你的言说。

说，甚至，仿佛我没有听见你说，

但在我的思想里完美地为你说了，

构思着词语。
如夜在无声中构思海声，
并从嗡嗡响的擦齿音里奏出
一支小夜曲。
就说，小孩子，兀鹰伏在横梁上
睡着一只眼望星星降落
到基围斯特之下。
就说棕榈清晰呈现于完全的蓝之中。
是清晰也是模糊；那就是夜；
说月亮发光。

他读了斯蒂文森的一首，以及其他一些她以前从没读过的诗人的作品，而因为这些崇高诗句的滋养，她感到自己正在成为更崇高的自己。这种崇高令她感到满足和充实，仿佛令她脱离了目前渺小的生活，终于跨越进了相对高尚的生活中寻求庇护……那些诗人通过诗句，将她和他的思维紧紧地粘在了一起，又通过他的诵读，将他们读进了诗句之中……

沿着这些陌生诗句，她逐渐进入睡眠迷宫，他的声音和室内唯一的昏黄光线逐渐暗淡下去，直到进入绝对黑暗，她仿佛独自穿越一条长长的隧道，又来到她的梦境世界。

她看到一片成熟的稻田，满目无边无垠的金黄仿佛在回应着天空无边无垠的湛蓝……她心情愉悦地站在稻田边，深深闭上双眼，张开双臂，感受那来自远方的风，拂过饱满成熟的稻子，拂过她全身，穿透她的灵魂……她张开眼，感到自己终于完成了某种洗礼式的新生，然后，她看到许路从稻田另一边走过来，不禁发出淡淡的微笑——从此就要和他牵手共看稻浪起伏，日升日落了……然而，许路却像是从来不认识她一样，漠然看了她一眼，继续向前走——她笑着想要对他说的话一时间哽咽在喉，只好目瞪口呆看着他的背影越来越远……然后，她忽然听到一阵吉他声，才看到他走到了一个弹吉他的女孩旁边，然后笑着和她坐在一起，有说有笑……她感到她的心将她的身体碎成一小块一小块的了，就这样像经历了千刀万剐一样离开了稻田，心情反而又重新轻松起来……

她在这种轻松中渐渐淡出梦境世界，进入浅层睡眠，然后缓缓从睡眠世界中浮上来……窗外是幽静的蓝光，身边许路的呼吸声依旧像海浪一样均匀而辽远，而梦中的心碎感觉，依稀尚存……她伸手去摸他沉睡中的左臂，温热而柔软，源源不断的热从他的皮肤导向她的手心，一点点驱逐着从梦中带出来的冰凉心碎，不知过了多久，她终于又沉沉睡去……

她是在早餐的迷人香味中醒来的，随之而来的是许路在她额头上的轻轻一吻。她感激地起身抱抱他，然后去洗漱。啊，洗脸水在她脸上冲刷掉昨天戴的面具，并为她重新制造好新的面具，牙刷在牙齿上清洁着某些记忆，每天清晨的例行洗漱的存在，是为了提醒她，她每天都是全新的一个人……

回到餐桌，许路已经坐在那里等她了，她径直走过去，没有坐在他身边，而是直接坐在了他的腿上。红豆散发着红豆味儿，令她想起一些久远的、关于红豆的往事，但又想不起来具体是哪些事……她这才发现，曾经在心理咨询室一心想要删除掉的一段记忆，不知什么时候起，自己已经回想不起来了——而她并未像过去无数次设想的那样感到轻松和自由，反而有一种深深的失落，就好像那种落入一个无底洞，不断下坠、下坠、下坠，然而并不知道何时才能着地，也不知道何时才能停止，只能这样不断下坠的深深深深的失落……她舀了一勺红豆汤，喝下去，终止掉这段感想："哇，好好喝……"她发出的愉悦声音把她重新拉回他身边，她想象到刚刚喝下去的红豆在她的胃中重新发芽，然后快速长出一片红豆树林，而她在这些红豆树林中，却不知还有谁可以思念——她只想到自己曾那么那么思念过一段美丽爱情的发生，而此刻，她正处于这种爱情之中，但她的心仍然处于惶惑的思念之中……想到这里，她忍不住在他脸颊上深深一吻，仿佛要用一个实际行动来证明自己确实处于此前自己曾夜夜思想过的那种爱情之中，然而她仍感到发生的这一切那么不真实，仿佛自己在尽力伪装成另一个能让这些事情发生的人一样……他笑着夹菜给她吃，黄豆芽之味从舌尖漫向她的全身……啊，多么感激这一切的一切，这种感激之心令人感到罪恶……

她去洗碗——她喜欢所有洁净的过程，让人有种希望总会来的美丽错觉……洗完碗之后，她突然感到，自己似乎该回自己住的地方了——她需要一点自我空间，来好好接受这两天发生的所有事情……他送她下楼——正是昨晚他们一阶一阶踩着上来的楼梯，而经过昨晚藏在月亮下遥望窗口的地方，她隐约感到那个留下的自己，依然保持着仰望的姿态在凝视着那扇窗口……他们若无其事地经过那里，在雨过天晴后的早晨的清新空气中，漫不经心地走着……

那天早上，他送她到地铁站，然后用手抬起她的下巴，对她深深吻别。而她因为那天清晨穿了紫色的衣裳被他吻别，后来她便依稀觉得每个清晨都是紫色的……

因为走前得到他深深一吻，她的心花再次怒放起来，一路上感到自己就像蝴蝶一样，美丽地飞回到了住的地方。

房间里还保留着星期五早上她出门时的样子，仿佛这几天并没有发生过，此刻仍是星期五的早上，她风尘仆仆地放下随身包包，情不自禁地先去洗澡——仿佛通过这一仪式，就能昭告全身的细胞，她又回到了自己专属于自己一个人的纯粹时光。

洗澡水汹涌地从她身体上滑过，像从前一样——而她知道，自己的身体再也不可能和从前一样了。她用手轻轻拂去身体上的水迹，仿佛想要以此拂去这几天所发生的一切，然而每个吻痕的感触仍然那么真实……牙膏还停留在星期五早上的位置，她挤出一些的时候，再次感到这几天自己仿佛消失在了另一个世界中，而现在回到了现实世界，重新继续以前的生活。熟悉的洗发水香气、沐浴露香气让她的身体细胞们彻底明白她已回到自己的家。她回到书桌前，双手捧着脸发呆，任湿漉漉的头发一点点变干——每次在头发从湿到干的过程中，她总有种仿佛可以将世界上最难的事情做一遍的幻觉……

在发呆的朦胧视线中，她仿佛隐约又看到他的笑脸……她的心猛地柔软下来，胸中澎湃着无限爱浪……此刻她迫切需要一支笔，一张白纸——

夏夜永不会结束

夏夜永不会结束，长得就像
我把一生都用星星来书写了，还不够。
萤火是续集。
爱，或是死亡。
人们等遗忘的降临，就仿佛
我从未相信过这一切是真的。
爱总是伴有死亡的幻觉，
例如仿佛夏夜永不会结束。
仿佛你的每次出现都可能是我生命的尽头。
死去，就像遗忘：
爱的续集——永不，
永不会结束。

她几乎毫无停顿，快速在白纸上写下一行行诗句。写完，才感到那几乎要冲破胸腔的爱的激流缓和了一点点……她拿起白纸，重新读了一遍，感到很满意——也许是受那天他读给她的那些诗的启发，她感到自己写的诗，和以前相比有了很大的变化，而她如此喜爱这个变化。

她翻开随身携带的写诗本和日记本——这么多年以来，她的这个习惯始终没有变化。她还是那么依赖这两样随身物品，不同的是，已不像从前一样强迫自己必须每天写一首诗，写一篇日记了……她将刚刚写下的诗句一笔一画地抄在写诗本上。在这过程中，诗句之上发生的一切又快速在她脑海中回放了一遍，她终于感到自己开始渐渐接受这几天发生的所有事情了，然后她摊开日记本，拿起笔却无从写起……她尚不知道自己会怎样记录这几天发生的事情。她思绪烦乱地扔下笔——然而虽然烦乱，这烦乱却是建立在无穷无尽的甜蜜之上的……只要他存在于这个世界上，她的甜蜜就不会停止……她不知不觉又露出了微笑……

她寥寥翻着以前写的日记，感叹着生活的变迁——有很多事情，过一段时间之后再重看，就会改变一次——这也是她喜欢翻开从前日记的原因之一……她对自己从前的生活着了迷，索性翻看完了这几年间所有的日记，直到湿漉漉的头发完全变干。她对着一摞摞的日记本，唏嘘不已……她看到大学时代那几年，几乎每页日记上，都至少出现一次 Alchemist 这个名字——这个名字曾是她的北斗星啊，她唯一的坐标……现在，由 Alchemist 在她心中建立的花园已经被她打包进心房最底层的抽屉，那片茫茫白雪中的弥赛亚早已恍如隔世……如今她心中一座由许路建立的童话城堡拔地而起——难道她不开心？

这并不是开心不开心的事情，而是，她超出年龄段地预见到了人生的悲哀——如同一个个人在她心中来了又走，她在一秒秒里，渐渐成长——渐渐消失……

她合上日记本，重新放回原处。不觉间已到了午饭时间——然而她一点食欲也无，她的身体细胞们似乎无限抵触着外来所有食物的入侵，以免破坏了他在她身体中留下的甜蜜比例……她百无聊赖地将自己扔到床上，然后望着天花板发呆——她感到天花板在她的发呆之中慢慢变成了一片海，她就站在海边，看着海的无边无际……这些事情真的就这样发生了？怎么地球没有用地震来为她庆祝一下？怎么星星没有坠落一下为她标记住？怎么她自己都没有忽然失明或是忽然血流不止来让她深深深深确认并记住这些事情真的发生了？她下意识地摸摸自己的脸——一堆碳水化合物的累积……最后，她终于找到了一个正确的思路来劝告自己——正是这些疑问的产生，从而证明了那些事确实是发生了。

但她从未相信这一切都是真的。

她腾地一下起身，从书架上抽出没读完的《人性的枷锁》，继续读起来——根据过往的经验，她明白，她想要找的一切答案，都能通过读书而最终找到，而读书的过程又是何其美妙呀——仿佛脱离了现世物理规律，10 点 37 分之后依然还可以是 10 点 37 分，就像这些计时法只是人类对世界一厢情愿的某种顽固执念游戏而已……她一个字一个字地跟随主人公的命运伏线游荡着，时而从中看到自己的影子，时而变为上帝，审视着主人公的一言一行……日光在窗外走着，改变着自己的光芒形状，一个星期天的下午正在消失，一个星期天的傍晚正在冉冉升起……她无意于这些改变的发生，直到他的短信在她手机上出现才终于将她从书中世界唤出来："记得好好吃饭……"虽然她从不理解为什么人类要以嘘寒问暖这种方式来表达自己的关心，但她仍感到电话另一端他的指尖在手机键盘上敲击这些字时留下的淡淡体温……这让她感到心中涌起一阵暖意……她嬉笑着双手捧起手机，回复他："我一想起你，就觉得好开心，好开心好开心呀……"因为这行字是她在傻笑时打下来的，发送之后，她总觉得他能从字里行间看到她的傻笑，于是不禁笑得更傻了……

“我也是噢，我好像捡到一块宝……”虽然她不喜欢他这句重复太多次的有些俗气的话，但她仍感到他那颗想要对她表达某些爱意的心。于是她满足地放下手机，在床上打了几个滚来消化掉这种满足和喜悦。直到好一会儿过去了，房间里安静得像是已把这些满足喜欢完全吞噬干净，她终于又继续拿起书，一个字一个字地再次走进书中世界……

黄昏真的升上来了，房间里暗下去了。她起身开灯，房间里的昏黄光线于是和外面的黄昏光线融为一体。她习惯性地看了看蔓延进屋内的窗外的黄昏——过去那些年——留在日记中的那些年，她最喜欢在黄昏时分散步，来到这个城市后，她却几乎不再散步……

于是她决定下楼散步。戴上耳机，音乐开始从耳洞中喂养她全身的每个细胞，楼梯一阶一阶将她安全送到地面，她一步一步踩着夕阳的余晖——像从前那样，又不太像。天边只剩最后一抹黄光的余晖了——她望着太阳最后的光芒，想起小时候心中的那种渴望——那种渴望似乎就是总有一天能去到天边，住进那抹余晖中并永远留住那余晖——然而正是因为夸父从没追上过太阳，所以她才有了这种渴望的源泉。所以在那抹余晖消失之后，她会感到失落得不知所措，不知怎么面对漫漫黑夜——她趁着这抹余晖尚未消失，回到了屋子里。

仍然没有食欲。她的身体仿佛需要抛弃掉更多的脂肪，这样每寸肌肤所感到的爱意就会更浓一些……她闭上眼，困意慢慢从身体各处浮上来——的确，她需要好好睡一觉，这两天睡在许路身边，因为他海浪一般的呼吸声，闭上眼总以为自己睡在海边……她感到自己需要一场沉入海底般的殷实睡眠……她打着哈欠伸了一个懒腰，起身来到亲爱的床上。

啊，棉被用自己的棉花灵魂召唤着她，枕头用枕芯中隐藏的无数个梦境世界欢迎着她。她躺下，身体皮肤立即和床融为一体，意识在脑海中开始不断下沉，下沉……很快，她再也听不到周围任何声音，进入绝对的睡眠之中。

不知过了多久，她依稀感到自己在暗弱光线中，回到了自己的小学校园，啊，这十多年再也没有回去过的地方……她热泪盈眶地在校园转了一圈，最后来到那个花坛旁——花坛中的月季，正是她毕业之际亲手和同班同学们栽下的呢。她弯腰看着这盛开的一朵朵月季，百感交集。接着，她看到，月季长出的一片片叶子，竟是一簇簇火焰……眼眶中的热泪终于汹涌而流……

醒来的时候，那种汹涌流泪的感触依然还在，她伸手摸了摸微蓝黎明中的双眼——并没有泪。原来告别童年时代已经十多年了，直到月季花的叶子都长成了火焰，她仍没有对这成长的过程释怀过……虽然已经不会再像 12 岁时那么抗拒胸部的突起，虽然早已适应了毛发茂密的身体，但她从未热爱过这些，更不明白为什么人类非如此不可……她为自己就这样活了这么多年而感到深深的悲哀，像梦中那样，她在悲恸之中，再也忍不住了，两行眼泪顺着眼角滚落进头发里……已经是星期一的早上了，作为上班族，不到点就起床简直对不起早高峰的公共交通状况。于是她翻了个身，准备继续睡——却怎么也睡不着了，她索性掀开被子，修炼了一夜的睡气们瞬间在空中四散逃逸，牙膏仍然停留在昨天的地方，等着今天的发生；许路带来的甜蜜感依然充斥在身体每个角落，似乎把此刻照进来的丝丝阳光都感染成了丝丝焦糖……她捧起洗脸水，让水从脸上流过去，冲刷掉昨日之痕，而就在这一瞬间，她忽然又想起了17岁的麦田，以及麦田中的那个人——她感到这仿佛就发生在昨天，但她早已不再为此而怎么了，一捧一捧的洗脸水从脸上流过，一秒一秒的时间从她耳边溜走，终于，她洗完了今天的脸。

星期一的办公室是陌生而遥远的，但这个星期一的她，因为身体中的甜蜜能量，连办公室的墙壁看起来都像是牛奶糖做的一般了……但上班的一天仍是像没有存在过一样就结束了——很多个上班的一天都是这样，她沿着早上的路线，准备重新回到住的地方。

刚出办公大楼，一阵新鲜的秋风就适时迎过来，仿佛在提醒着她：她在这里的上班生活，确实如同坐牢一般。她无奈地笑笑，抬头看天——

啊，这是八月里的一天——充满了那种蝉鸣幽远、烈日渐息、树叶开始在枝头暗暗传递早秋讯息的光景，人的心底在这种境况下会不由自主地慢慢升腾起那种夏日将尽的末日迷幻之感……忽然，她又想起，这天还是农历七月初七——七夕节。小时候，听外婆说，七夕晚上，躲在花椒树下，就能看到牛郎织女在天上鹊桥相逢——牛郎和织女在这天会走上喜鹊们在银河上搭的桥，共度这用364天等待才换来的一天……一个美丽的夜晚。她想，这么多年以来的美丽节日都独自默默度过了，而这一次，终于有了恋人共度——这必然是不同以往的……许路一定会乘着人们搭建的马路在这样美丽的夜晚来找她，和她共度，这几乎是不用有任何怀疑的——然后这个夜晚才完成了它的美丽使命……她笑着拿起手机，看了看许路的号码，胸有成竹地等着电话响起——她这才想起，似乎今天一天，还没有和许路联络过呢……但她从未和一个人这样交往过，并不知道怎样的交往模式才是正常的……她只是怀抱着美丽的期望，等待着电话响起——然而这晚，一直到晚上九点——她想喜鹊们在天上已经把鹊桥搭好了吧？而她的手机仍然没有任何动静……她勉强笑了笑，拿起手机，拨通许路的号码——

“是我——”她小心翼翼地说。

“想我了吗？”她能感到他说出这句话时在电话那端的微笑。

“你在做什么呢——”她小心翼翼地问道，一颗心如同一只玻璃杯悬在桌子边缘，预感到了那尚未发生的破碎……

“今晚是七夕哦，我在和一帮朋友聚会，庆祝……”他后面说着什么，她已经完全听不到了，而就在这几句话间，她感到自己这几天以来全身涌动着的甜蜜，瞬间都变成了冰凌……

“那你好好玩，我先睡了……”她机械地说完，机械地挂了电话——她完全不知道自己在说些什么，做些什么，只想抱紧自己，独自待一会儿……

全身的冰凌令她越来越感到冷——挂掉的手机仍是热的，而她的手是冰冷的。而越来越浓的冷意在渐渐变成疼……她试着用婴儿在母体的姿势躺在床上抱紧自己，而冰凌刺痛着她的全身……

在自己空荡荡的房间中，她感到自己正在慢慢被冰冻在房间中心。一股不知道是不是从西伯利亚来的寒流肆意地侵蚀着她……然后，她第一次知道了——原来一个人太悲伤，真的是会引起胃疼的——在胃部发射出来的疼痛之中，她缥缥缈缈地感到全世界正在随着疼痛一点点地崩塌，一种世界末日的毁灭感本能在她体内四处窜动……她绝望地发现，原来过去了这么多年，她从未变过——那些她想要在心理咨询室删除掉的，原来并不是她的记忆，而是她的某种本性……这么多年，她潜心修炼，虽然并没有如她所愿长成一个让 Achemist 一见钟情的女孩，但她自问至少长成了自己喜欢的样子……然而这一刻她才发现，她其实从未真正变过——丑陋的毁灭欲、控制欲，不堪的贪爱、永远的缺乏安全感……这些从未离她而去……她魔鬼附身般地打开电脑，拿起手机，一刀两断般决绝地删掉了许路的所有联系方式，注销掉了自己所有的网络账号，仿佛她就此从网络世界消失掉了——然后，这消失终于让她感到暂时性的平静和满足。

也许，她本来就不适合和谁恋爱——她本来就应该永远做一个无爱无恨的修女……也许，在她的爱情世界中，如果只是一帆风顺的温暖和眷恋，是不能称之为爱情的——一个人说我爱你，也只是我爱你而已；当一个人开始恨你，也许才是真的爱你……也许真正的深远的爱，多少应该是建立在恨的基础之上……因为所有的恨，都比爱更猛烈；因为爱可以很容易表达出来，恨，则只能拼命抑制；因为爱可以很快忘记，恨则让人耿耿于怀念念不忘——而在这些耿耿于怀念念不忘之中，爱意又从中渐渐萌生，于是，就有了一种还在爱着的错觉——有恨辅助的爱，会更长久，更深刻……又或者，也许人类的情感远非“爱”“恨”这么简单，毕竟在仓颉造字的远古时代，人类对世界、对自身的认知都过于简单，才简单地将感情归于“爱”“恨”“亲情”、“爱情”等等现有文字符号的那几类。可是人类发展了几千年，男女关系千变万化，男女之间的感情也早已不是这些简单的字词能概括的了……她也不知道她对许路究竟是什么感情了，她只是想起了睡在他身边时做过的几个恶梦——第一晚，她梦见她是一只被他关在笼子里的猎物，和其他猎物一样。第二次，她梦见和他结婚时，因为自己无名指太宽，戴不上戒指而被他的其他女友取代。第三次，她梦见他看到她就像看到陌生人一般，然后和别的女孩谈笑风生……这些梦意味着什么？现在，她似乎全都明白了……也许她的众神在第一个梦中就已给过她态度和暗示，然而即便她接收到了，又能怎么样呢？一切就这样发生了——假如时间倒流重来一次，她坚信她依然会这样做——她就是那种被同一块石头绊倒 1000 次，还仍然会有 1001 次的人……

但她却没有流泪。她伸出手去摸手机——然后，她狠狠地关掉了它——并且，她准备永远都不再打开。

就这样关着手机，独自一人自怜自恋孤独终老吧——也许这才是最适合她的，也许在这种人生中，她才能逃脱掉那些丑陋，让自己变更完美……她头发蓬乱地起身，望着自己的房间——目之所及，都令她强烈地感到是束缚她的身外之物。一时间，她有了一股想要将这些东西全部清理掉的强烈冲动……她想象着将这些事物扔进垃圾场或是寄给一些朋友之后，空空的房间终于只剩下她一个人一无所有的情景，终于感到一阵快意……

就这样消失吧——一个人消失到世界尽头。从空气中人类交缠的呼吸中抽出自己的呼吸，从他神经系统中抹除掉自己曾留下的痕迹，从他们的记忆中模糊下去直到消失——她感到自己终于自由。

打开电脑，她将这种感觉付诸一行行文字符号之中：

眷恋

我什么都不想要了：

书，你赠我的空气和另一个遥远的早晨。

在一个密封的黄昏，世界只余留下我身体轮廓的空间。

像你张开的手臂：一个空房间。

八月里读过的书：我的失忆录。

在后来的未来，我要

寄一本给故人。

寄另一本给另外一个人。

——寄空我的所有。

最后，世界上还有你密封的手臂，

像是我的所有。

——包括死亡。

又像是一无所有。

写完，她终于感到这个夜晚，连同整个夜晚在她身体中发生的所有事情，已经在这首诗之后，发生过很久很久了，久得开始离她而去……她在自己利用消失而暂时修补好的残破人格之上，获得了暂时的平静……啊，那座有着红屋顶的童话城堡，仍在她心中——只是残败不堪——屋顶漏着顽固的雨，四面漏着浮夸的风……她不愿再继续想——愿它就只残败到此处。

还剩下些什么呢？

只剩下自己了。她抱紧自己，感到自己前所未有地和自己更亲近了，仿佛可以就此探索到以前从未发觉的自我地带……她闭上双眼，试图从眼前的黑暗中看清自己的模样。良久，她终于看到一棵垂柳一样的树，每枝柔软的树枝上，都长满了叶子一样的眼睛，以及睫毛一样的羽毛。微风吹过，羽毛眼睛纷纷离开大树，飘洒在空中纷纷扬扬……

她感到这似乎是许路传染给她的某种特异功能——许路的脑电波中布满了类似的意象和故事分子，多到随时随地唾手可得，而这些意象是她以前没有涉足的领地。现在，她的脑海中竟然也会不由自主出现这些意象和故事分子了……然而也许正因为此，那点小事发生之后，她对他的恨才如此之刻骨。

她的心对他整整铁了七天——她关机了七天。在这七天之中，在她手机之外，八月的尾光转瞬即逝地扫过整个城市上空。月升月落，云开云散，人间并没有奇迹降临；人山人海，上班下班，时钟依然向前走着，并没来一场空前绝后的飓风或是来一场惊天动地的地震来衬托她内心的动荡和决绝；可怜的她也并没有可怜到大病一场来证明她对他的确用情很深……这是个无趣的世界，有趣的地方只有这个世界之外的想象力……她只是抱紧自己的双臂，穿过人群，在秋风中埋头前行——他也并没有不顾一切地全城搜捕找到她，她也并没有在滚滚人群中偶然碰到他……她想也许她和他今生今世就这样了，无论她多么想再见到他，她都无法再和他见面了——她只能努力去梦见他——梦见也等于相见，或是，像从前某首诗写的那样——看看月亮，然后假装他也在看，就这样，他们的目光就能在月球上重逢……她只是开始迷恋于吃苹果——苹果是她唯一的故乡啊——从前她以为苹果潜藏了她深深的被爱的渴望，现在，她发现自己可以从一只苹果里见到又恨又想念的他：

苹果

我看见陌生人的脸上，闪现过你模样的光辉。
这也许发现于一个苹果。
苹果：来自人们的口中且使人们有了共性——
天空，大地，树木，蔬菜，滋养了人们的
眉毛，眼睛，汗毛以及唇角；
细胞与细胞，没有差别。
我怎能不去爱一个苹果如同爱着我的孤独——
在某个清晨醒来，发现世界上的所有人都是另一 个我。

她一个字一个字地写下这首诗，一个字一个字地想着假如他读到，这首诗会因此而变得多么美丽……然而他无法读到——可能这一辈子都不会读到了——这让这首诗变得更加美丽起来。她双手交叉地将写诗本抱在胸前，对着手机发呆——在这背后，支撑她坚决不再打开手机的强大力量源自哪里呢？从三个梦境，以及那一通电话中散发出来的强烈的恨？而支撑这种强烈的恨的，又是什么？是她对他发自生命深处的热爱？她不知道了，她只觉得自己处于无边无垠的恨之中——她觉得他害她都可以写一本比《追忆似水年华》还长的《公主复仇记》

了……像古人卧薪尝胆激励自我——她每天看一眼关掉的手机，来回味一遍这冥冥的恨意……而这恨更加坚定了她不能开机的决心——就这样，七天过去了。

月经来了又走，像是经血已将他曾在她身体中培育出的那片暗流涌动的情欲海，以及与他有关的所有的一切都带走了……她的心平静得就像无风夜晚的蜡烛。

然而第八天——据说人体某些细胞，每七天更新一次——曾经那些细胞里记下的激烈爱恨，都将在新陈代谢中不得不淡化掉——在第八天，她一早出门的时候抬头看天，才发现这时的天空又到了无限辽远然而又像无限贴近人间的时节了，随即，她终于又记起秋天是她在这个城市最爱的季节。几年前，她在秋天里来到这个城市，初次感受到这里的秋天，希望能把这个城市的秋天酿成一种香水——而现在呢，她却关掉了手机，关掉了整个秋天，整个世界……除了原谅自己，也原谅他——简直没有别的办法。

她一点点劝慰着自己，而这些天对他压积在恨之下的思念也一点点汹涌而来，她感到内心忽然一动，终于决堤——这无穷无尽的海水几乎要将她的内心冲毁……她这才发现自己用了多么愚蠢的方式去爱。

她抖抖索索地拿起手机，按下命定的开机键——就仿佛奇迹终于降临。

就在打开手机的第一时间，他的电话就立刻打进来了——奇迹吗？意外吗？巧合吗？……她呆呆地看着手机屏幕——这些可能性都太小了，她想到，可能是这七天内，他在一直不间断地打电话给她，就像一个不眠不休的机器人，不放过任何一秒，从没停止过——所以才会在她刚开机的一瞬，就打进来。

她紧紧盯着手机屏幕，伴随着心中升起的报复快感，还有一些感到自己被他关怀着的淡淡温暖，以及对自己展示了丑陋人格的愧疚和对关系修复，继续爱下去的深深渴望……她一时间不知所措，而与此同时，就像心有灵犀般——他的电话打进来之后，也许是惊讶于忽然的打通，也许只是仅仅想知道她什么时候开机，也许，只是这七天打习惯了……总之，打通之后，就立刻挂断了——

她拨了回去，想象着有一束人类看不见的信号，从她的双手中，穿越过全城纵横交错的无数信号线，然后快速到达他的手机，他们因而在芸芸众生中有了这一丝的关联……多么侥幸此刻没有爆发地震，也没有龙卷风刮来；多么侥幸这微弱的信号，能从她手中到达他手中；多么侥幸能和他有这一丝关联……

“喂。”他习惯性地打了声招呼。

“我想你——我想见你。”除了这一句话，她不知道自己还有什么可以对他说的？自从她开始拨打他的号码，她对他，只剩下野草疯长般的思念。

“你这几天还好吗……”他声音平静得就像暴风雨过后的海面。

“我想见你——我现在去找你吧——”她不敢想象，如果今晚见不到他，她会跌入怎样不可描述的地狱之中，永不超生。

“好，来吧——”幸好，幸好，他说了好。她的内心久违地狂喜起来，仿佛 100 棵合欢树刹那间全部开放——她心花怒放地换了件衣服，穿上最心爱的鞋子，准备出门——出门前，习惯性地又看了一眼自己的房间——她忽然又想起什么，去书架上抽出两本书，装进随身的包包里。一本是《月亮与六便士》，一本是《当我们谈论爱情时我们在谈论什么》。然后，她在茫茫深夜中狂奔到世界上去了，去寻找茫茫人海之中，她唯一的恋人。

啊，全城的公交车都变成了海豚，全城的路灯都变成了灯塔，所有的绿灯都是为了她而存在的，所有的红灯都暗自羞愤，躲开她避而不见，她仿佛乘着拥有洁白羽翼的天使，瞬间就在万家灯火中找到了他……

在街角，她又见到了他——她唯一的爱。当她又见到他的那一刻，她才明白，她体内全部的忠贞，可能早在见到他的第一眼就已被他完全激发出来——她是那么渴望付诸一生的深情只爱他一个人，那么渴望今生今世只和他在一起共看他们喜爱的所有植物，共度他们相爱的每个晨昏……这样支撑对方活着，帮助对方死去……

而随她一起长大的那个高跟鞋之梦，那个骑机车扬长而去的神秘女郎，那个纵情放荡的人格……从此将永远被她尘封起来，成为秘密。然后，直到有一天，这秘密会因为藏得太深太远而让她不再能想起还有过这样的一切……

她努力眨了眨眼，仿佛在这眨眼间，可以将这些念想都深深沉入到心的最底层——然后，她张开双臂，疯狂地跑向他——她那些再也难以抑制的思念驱使她对他展开一个大大的拥抱——

他平静地抱住她，拍拍她的后背，直到他感到她的激情通过这拥抱传导向他，他拉起她的手，像以前那样，带她回家——他们缓缓走着，一边认着路边的树木们——梧桐、槐树、杨树……他又讲起了那些住在树干里的精灵们和一个女孩的故事。她依偎在他手臂上，感到脚下的马路都变成了草原，而整个城市都变成了森林——他们就住在森林中的童话城堡里。

推开城堡的门，金色的灯光之中流动着一首陌生的歌曲。她的心本能地掠过一丝不好的预感，然后很快被重逢的喜悦所取代……她从包包里拿出那两本书，递给他：

“你让我带书给你看，喏，在这里咯，都是我看过的。”他笑着接过书，随手翻了翻，然后放进他的书架上——就这样，她将她的一部分永远留在了这里。看着放在他的书旁边的她的书，她感到就像他们的灵魂肩并肩坐在书架上一样……

他抱起她，像抱起一个洋娃娃，在房间里快乐地转了好几个圈，“我要惩罚你——”他说，“我要你像地球绕着太阳转一样，绕着我多转几圈，这样你就能记住，你的职责是围着我转……”

她被他神奇的惩罚方式逗笑了，而转圈之间，和他初识的热情甜蜜，全部都回来了。她站立，任微微的晕眩感让周身的世界在她眼前沉沉浮浮……而就在这之间，她朦朦胧胧地看到，他的床单和被罩新换了颜色——陌生的深紫色……她的心又抹过一丝不祥的预感，然而在这种刚刚和好如初的境地下，她只能尽力去捍卫这来之不易的快乐，极力劝慰自己不要再胡思乱想——她看到他在洗衣机旁边忙着捞衣服，于是也走过去，从背后深深抱住他——仿佛这样，就能驱逐掉床单和被罩那陌生的颜色以及这颜色之上笼罩的一层淡淡的不祥感。

她随着他去天台上晾衣服，像一对结婚多年的夫妇。他自然而然地撑开一件件拧干的衣服，晾到绳子上——

“这些天你都在干吗……”他随意地问着。

“和以前一样……你呢……”她不愿再面对这已经过去了的不堪的几天，只希望这个话题能赶快过去……而他这时示意她抬头看天——

她一抬头，就看到了整座星空——星星们仿佛终于藏不住内心的深深喜悦，发出熠熠光辉，那星光正洒在她和他的身上……她内心一阵感动，这还是她第一次在这个城市看到星星呢。她兴奋地拍着手跳起来——“太棒啦！太棒啦！”他看到她像个孩子似的开心，疯疯癫癫的，溺爱而又无奈地摇摇头。

“你的衣服就晾在星光下，也会染上星星的光芒哦！”她看着他晾完的衣服，眨着眼睛说道。

“现在，你的头发也会染上了星光的颜色。”他笑着说，而她内心一动——这是她之前告诉他的，她最喜欢的《哈尔的移动城堡》里面的一句台词。但她从没告诉他，当时看电影的时候，她因为这一句台词被感动哭过……

他走过来，摸摸她的头发，领着她回房间去了。剩下她那么多的感动，依然在天台，和他的衣服们一起，晒着星光。

刚回到沙发上，她就发现沙发上竟然遗落着一枚蝴蝶结发夹……她映着敞亮的日光灯，仔细观察着发夹，又一股不祥的预感从她心中缓缓升起……她一抬头，就看到了他正在看她的目光——他们之间的这枚蝴蝶结发夹正在变得无限之大，大到足以将他们隔成两个世界……

“这是邻居女孩的发夹，昨天她来商量一件关于物业的事情，走的时候可能将发夹落在这里了……”他自然地解释着，仿佛他说出的每一个字都是真实发生过的。

她多么想相信他说的每一个标点符号，然而，在她试着对他微微一笑之时，两行泪却忍不住从眼眶中夺眶而出。她习惯性地低下头——她知道她的头发们会立刻围过来，为她营造一个舒适安全的小世界，让她不至于立刻崩溃掉。

她感到他朝着自己走过来，在自己的身边坐下，伸出左手臂，一把抱住自己："你相信我，这真的没什么的，"他说着，撩开她的头发，擦着她脸颊上的眼泪，"快别哭了，因为这一点小事，多不值得……"

"可我觉得值得。"她为自己的眼泪们辩护着它们的价值。

"好好好……别哭了，我明天就把发夹送回去……"他笨拙地安慰着她。她从他的笨拙里终于发现，这件事只能到此为止了——或许一开始，她就应该假装没有发现那个发夹，或许在那个关键时刻，她的眼泪不该掉下来……

但或许，就像她在他身边做的第一个梦——她只是众多笼子里的一个猎物……

然而她选择抬起头，任他将自己的眼泪擦掉，然后对他微笑一下，以表示她已经让这件事过去了。

"去洗澡吧——"他一把抱起她，到浴室。然后，他好像忽然想到什么，又走回卧室，从抽屉里拿出她的牙刷，递给她。

她的心再次掠过不祥的预感——而这种预感已经十分强烈了，已经几乎可以让她确定一些什么事已经发生过了——而她的心却反而平静下来，只是对他淡淡一笑，开始洗漱。

她只是全神贯注地刷牙，在牙刷从牙齿上掠过的过程中，一点点释放着内心所有的自己们，并让这些自己们紧紧抱住自己……回到自己的小世界，她依然是骄傲的公主——我的天气多好啊！连汤匙都是晴朗的。小青蛙躲在耳畔，仿佛头发是秋日稻田。我已懂得脸大之美，依靠皮肤的白自信下去，直到相信世界是我的城堡……这样想着，任洗澡水像几天前一样从莲蓬头中降落下来，滑过她的皮肤，然后消逝而去——多年后，这洗澡水也许会以一场雨的形式重新降落在她身上，她想。而就在她想象这些循环转换的过程中，有什么决定正在她心中发生——然而她还不能确定是什么决定。她只是机械地清洁完自己的皮肤，等着这个决定慢慢浮上来。

这一晚她反而没有做梦，更没有失眠——一觉醒来已是万物复苏的早上了——除了他，他仍处于深深的睡眠之中。她翻过身，双手托着下巴，趴在床上像研究一只小白鼠一样认真地看着他——她还没有这么认真地看过他呢，她看到他微微起伏的鼻翼——那些夜晚，她听到的海浪一样的呼吸声，就源自这里；而越过鼻尖，向上，则是他紧闭了灵魂的双眼——她只知晓他有一颗童话之心，却不知他的灵魂到底是什么样的。

他却忽然在这时张开眼来，她被吓了一跳，本能地对他笑笑，摸摸他的脸：“你终于醒啦。”

他也笑，伸头吻她的脸。她到底没能看到他灵魂的样子……但也只能假装很满足。

他们起床，抖落满身的睡气，睡眠精灵们围绕着他们去往洗漱间的身影，又像鸟群一样四散开。他们洗脸，洗脸水从脸上滚落的瞬间，身边的世界并没有发生奇迹。牙刷依然是牙刷——为牙刷只能成为牙刷的伤感，让她变得不再是她。

他们出去，关了房间的门，而他们在房间里生活过的痕迹依然在继续生活。他们下楼，一阶一阶的楼梯像一个一个士兵，将他们顺利送达地面。走过那天她等他的窗口下，她习惯性地抬头看那窗口——和那天起就一直遗留在这里的自己一起，她清清楚楚地看到自己如何在这扇窗口里慢慢沉沦于一个男人的童话世界，如何跨越了自己最深的恐惧，成为一个自己想象不到的女人……一阵秋风吹过，仿佛在提醒她——是时候回头了。然后，她回过头去，从此头也不回地奔向别处。

那天清晨，他用食指抬起她的下巴，吻却迟迟没有落下来——终于没有落下来。而她昨晚洗澡时的那个决定，却重重在她心头落下来——然而她只是对他淡淡一笑，然后一个转身，就从他眼中消失到人海里——就像第一次见面，她从人海中浮上来那样。

这一次离开他，她却没有那种似乎自己的一部分都遗留在他身上的失落感了，反而一阵轻松——也许是终于确定了他的不忠，从此不必再担心他到底会不会不忠了，也许是终于知道自己再不可能一生只爱他一个人了，虽然不甘但更是解脱……

这真是一个漫长的早上，她沿着第一次和他回家的路，一点点返回自己的家。一路上，她和他发生的一切一公里一公里地在她心中重新上演……哦，那个在咖啡馆四处张望等待他出现的女孩，那个被他第一次吻过，任回家的地铁一辆辆错过自己的女孩，那个和他见面四小时就毅然决定和他回家的女孩，那个发现了他的不忠无计可施只有淡淡一笑的女孩……这些女孩似乎都不是她——她从未想过这样的事情会发生在她的人生中，她从未相信这一切都是真的。她深深感到，正有事物不断地从她生命中抽离：也许就是他对她遥远的凝视，一幕幕在空气里消失……

她一步一步走向办公室，一句一句的诗不断在她脑中显现，她情不自禁地拿出手机，将这些诗句一个字一个字地打在手机备忘录上：

待亡者

我此刻走入的，是诸神排列的第几天？
地球上，无人翘首。
太阳是等待50亿年后被灭的路灯。
傍晚，听到蝉鸣：我和世界的连接。
你藏在蝉鸣穿梭的空气里——
氢氧分子：无数的你。
你此刻走向的，是命运排列的第几个我？
万事万物等待的，莫不是这一刻？
所有的蝉开口合唱：相约赴死。

因为这些诗句在她脑中的浮现，她感到自己成为了一个在人群中脑袋发着微光的女孩，这微光没有人能看见，但却是她对这个世界唯一的留恋。

而进入办公室后，她就成为了另外一个人，她常常将自己想象成某种机器，这样度过每一个八小时。然后每次下班都能有一种出狱般的狂喜。

今天她只渴望能快速回到自己的房间——仿佛那里有什么等待着她。而无数次的事实证明，她的每一个直觉都是如此的符合事实发展规律……她在自己亲爱的床上坐下，还来不及感受一下来自床的温柔拥抱，他的短信就来了——

“你在吗？”

这不是他常有的对她说话的感觉。她的心一半喜悦，一半哀伤——他可能要对她说一些不同以往的事情了，而这些事情很可能并不是什么好事。

“嗯。”她简短地回应他。

“我想了想，我们——还是分手吧。”终于——他终于说出了这句话，她的心感到一阵轻松，就像一个久病不愈，长期忍受病痛折磨的人，忽然间病愈了。

“好。”她轻快地打出这个字，在按下发送键的瞬间，她感到整个夏天里，她和他发生的事情被一层灰尘轻轻地尘封了。

就是这样。

她躺倒在床上，任亲爱的床暖暖地抱住自己，任窗外的天一点一点黑下去——她没有开灯，更懒得睁眼。就这样闭眼躺在床上，不哭不睡。在无边无际的黑暗之中，她仿佛又回到了很久很久以前，那时候，她本以为，她会在注定的某一天，遇见一个注定的人，然后注定般地一见钟情，注定一生一世只爱一个人地爱下去直到世界灭亡……但命运却没有给她这样的机会……两行泪终于从她紧闭的双眼喷涌而出，穿进头发森林，流进耳洞……而她似乎再也找不到任何一丝气力去擦……缓缓中，她又想起早上和他告别时候，那一刻他用食指抬起她的下巴，吻，却迟迟没有落下来。但在她此刻的意念里，他的吻完美地降落了，并在她的心底泛起细小的涟漪，然后她带着这些细小的，像数学平方那样一层层扩展的涟漪跳上了公车……而这涟漪一直波荡到他的心中，再次将他和她的心紧紧联系在一起——那么，他刚刚的短信，也许就不是分手信……

她翻了个身，仿佛这样就能将这些胡思乱想丢进垃圾桶。

仿佛整个自己都被一起丢进垃圾桶，只剩一口莫名其妙的气，让她残留在这个世界上。然而这反而让她终于发觉到，在她的生命中，如果有什么是永远不会被别人带走，不会崩塌掉，能够最大限度接近于不朽的，可能就是剩余的这口气了。

除此之外，她什么也没有了。

于是就有了拥有任何一切的可能。

仿佛有一双无形的大手，将她从很深很深的沼泽中拉出来。她开了灯，对着自己的手腕发呆——她的手腕上有一个小小的树叶形状的胎记，一直以来，她都以为这是神在她身上做的标记，而每次，自己濒临绝望之时，她都认为正是这块胎记发挥了神力，拯救自己于无望的境地之中……

她又回到了心爱的书桌前。打开电脑，让电脑屏幕看着自己。蓝色的屏幕一点点亮起来，像是某种海——这片海里面也住着小美人鱼吗？此刻，她觉得，世界上和她最亲近的人，就是小美人鱼——她们有着何其相似的命运……原谅她只有一颗小人鱼之心……

她双手托着下巴，凝视着电脑屏幕，而电脑屏幕回以凝视。就在他们交错的视线之中，一行行诗句从她的周身再次升起……

海的女儿

直到我都不再需要音乐，
仿佛细胞和音符失去了交谈的能力。
我需要的安静，才真正像一只鲸鱼的颜色。
我需要沉默。久得
可以让舌尖长出青苔。
久得你能环绕地球散步归来后路过我的窗台。
久得时间可以凝固成一座小小的城，
来让我和我的词语安居乐业。

她快速地将这些句子写在电脑上——虽然这首写得一点也不好，但表达了她的心——她的心因此而获得了诗句的翅膀，冲出了躯壳的牢笼。

她长长地叹了一口气，仿佛想要把身体中仅剩的最后一口气还给世界。她从抽屉深处摸出一盒久违的烟，按部就班地点燃，深吸一口，然后，她看到自己此刻脑袋里的思想，全部都在烟雾中浮现了出来……

啊！她的唯一之神从此坠落，她将不得不成为一个移情别爱的女人，她再也无法成为曾经想要成为的修女，而那个做着高跟鞋之梦的女孩，那个骑机车绝尘而去的神秘女郎，那个发现自己身体中隐藏着一片海的女孩，也早已离自己而去……

她禁不住悲痛一波一波袭来，忍不住去洗手间尿尿。拉上裤子拉链的瞬间，她忽然感到拉链有一种让人觉得所有事物都能愈合的错觉。世界真奇妙。

那天起，她买了一个小小的缝纫机陪伴自己。她喜欢眼睁睁看着布与布在自己一针一线的光辉里重逢的感觉，每每及此，她都被感动得忍不住落泪……她从茫茫布匹中发现了一个全新的世界，恨不得将所有事物都蒙上布匹，这样整个世界就会柔软起来……她一块布一块布地发掘着布兔子、布公主……不知不觉间，她倾注自己所有的悲痛，创造出了一个个布艺玩偶来陪伴自己……她更不喜欢说话了，也更不喜欢与谁来往了，她清楚地感觉到，有一种藤蔓植物开始渐渐从门口长了起来——并且越来越繁茂，直到把整个房间紧紧包围，紧密得连空气都不能流通——只有这种藤蔓封门的美好幻觉，才让她感到自己仿佛掉入了某种时间缝隙，才让她感到温暖与安全。

像一个人滞留在了荒岛上，默默度过秋天。

不知不觉已是深秋。一天，她像很多人一样走在路上，而雨就是从这个时候开始下起来，她和很多人一样躲在了一个商场门口避雨，很多人都买了一把伞，走了。而她买了一株向日葵，固执地认为向日葵才是这个世界上唯一可以真正避雨的工具……雨中，很多人撑着伞回家了，而她，举着一株向日葵，却也回到了家。

她将向日葵养在瓶子里，放在床头，从此，她的房间里便充满了阳光。她为这株向日葵也写了一首诗，小心翼翼地维护着他们之间的关系：

伞

我怀抱向日葵经过雨滴密集的傍晚
恰如一米布匹蒙上世界的一朵云
一个屋顶
一盏路灯
一段街道
一个世界

然后，她褪去湿漉漉的衣物，走进浴室。她这才恍然发现，自从和他分手后，她再也没有穿过胸衣——她只是尽量忽略这个曾被他碰触过的身体，以为这样就能躲开有他存在过的世界，就能假装和他什么也没有发生……她要麻木掉这些所有能唤起爱情感觉的感官，这样就能假装自己活在一个无爱无恨的世界——就像传说中的阿尔法城。

洗澡水不断在她身体上降落，她假装自己仍是 12 岁——那个还没有长出第一根人毛的自己。仿佛这样，就能回到纯真的最初，重建生命。

牙刷。是他送她的第一个，也是最后一个礼物。曾经有那么好几天，都好希望，余生的牙刷都能和他的放在一起……然而这永远只能是一个希望了。也许就是因为这样，她才想起了童年时候在乡下田地的沟渠里见过了牙刷草——很长一段时间内，在她小小的心中，都觉得牙刷草是一种很神奇的植物，她想到，牙刷草一定是偷偷溜进她家，看到过她的牙刷——然后对牙刷一见钟情，然后从此朝思暮想，直到自己也变成了牙刷的模样……然而十多年过去了，牙刷草这个植物从不曾想起过，牙刷草曾带给她的神奇感受她也早已淡忘，却不知为何，在这一瞬间，忽然排山倒海般地想了起来……然后，她将那棵牙刷草又爱了一遍……

外面的雨仍然没有停，而这绵延不绝似断非断的雨声，多么像一个人停止不了的思念……她对他累计了整个秋天的思念就这样被雨一滴一滴地牵引出来……然而她悲凉地发现，自己早已没有他的任何联系方式了，也早已在他的世界中消失殆尽了……

她苦笑。她明白自己这样做都是为了自己好——如果此刻忍不住去联系他，那么明天的自己一定不会原谅此刻的自己……她辗转反侧地想来想去，最后，还是忍不住去偷看他的博客，然而，刚一打开链接，她就被惊住了——他的博客背景图换成了《哈尔的移动城堡》剧照。

她的世界在此停顿了，一股沧桑的喜悦在她心底缓缓地微弱升起——也许，也许他是爱过她的吧。她想。但也许，只是个巧合——他随手更换的而已。

她的心忐忑不安，只好迫不及待地将他最近写的故事全部都看了一遍，其中有一篇童话故事，侧面写到一个女孩在一个城市里消失了七天，而她的恋人，感到前所未有的孤独……她想象到，在她对着他关机的七天之间，他在自己的房间，感到全世界的门和窗户，都对他关闭了——那种孤独和绝望，是多么深刻地伤了他的心……她的心一动，泪忍不住又落了下来，感到愧疚又自责，然而，一切已经无可挽回地发生了——只能这样发生。

她多么想再见见他，无数次设想，上天究竟还是眷顾她的，让她走在街上忽然又能再遇见他，哪怕只是看他一眼，知道他还活生生地存在在这个世界上……然而她只能将这样的念想付诸一行行的句子之中：

别离亦是重逢

从一个陌生人到另一个陌生人，
再到另一个。
这连接了我的世界：
从身边的随便哪个人，都能连接到你。
就像月球，
月球连接了阳光与黑夜，以及全地球人的眺望——
我与你最后的重逢。
重逢，
重逢在季节的流转里用新的循环更替了我的想念，
我的想念是一千只乌贼的爪，从海底
从世界的某一个点，温柔地
温柔地迎向随便哪个人。
从一个陌生人到另一个，
我与你重逢。
重逢在
一个陌生人到另一个陌生人联结而成的世界上。

和他分手后的这段时间，她的写作欲空前高涨，或许只是因为那颗极想让他读到但又明白他无法读到的心。她关了电脑。

点燃一支烟，然后在袅袅烟雾中，呆呆望着窗外密不透风的黑夜——时间到了一天中的某个阶段，比如现在，会运行得很平稳，以至于她完全丧失了对时间的感知。

她在夜色里想起一些事情的时候总会有错觉自己是在一艘大船上，海洋像黑夜一样无边际。

她似是在某些潜意识的状态下在心里深藏了太多的什么，不然为什么总有欲言又止的倾诉欲蠢蠢欲动。

她大概是了解到，有些时候，一起活在这个世界上，这有多重要，它的意义远远大过于爱情本身。

她总在冬天更能安享孤独，静观往事。似是有某种神秘的力量从这个季节的天空中升腾而起，席卷她意念中的整个世界。

她总在陌生人的脸上，看到一闪而过的，温暖的光辉。当温暖在心底氤氲开来的时候，她渐渐意识到，那种光辉，来自他容颜的气息。

这便是为什么一起活在这个世界上更为重要。

更多的时候，她觉察不到自己对这个世界的眷恋感。似是什么都不想要了，然后才可以更自由。她渐渐丧失了判断自己是否爱一个人的感知。虽然她花了很长时间才重新找回每个人的独一无二性。也渐渐接受自己并不淫荡，也并不喜欢孤单的事实，但其实她也从未相信这一切都是真的。

她时常感觉自己从未属于这个世界，是飘浮在大气层以外的宇宙空间里，和这个世界毫无关系。而她仅仅属于这个世界的部分的，是她的恐惧和贪婪。而恐惧和贪婪并非她的属性，只是她在这个世界中生活的时候这个世界给予她的感觉，或者说错觉。当她飘浮在大气层以外，她会清晰地看到她将原本不属于自己的恐惧和贪婪丢回了这个世界，和她毫无关系。

但当她不可避免地重新回到这个世界生活，她必须要穿上恐惧和贪婪的外衣。这是她纯洁的方式。

烟灭了。

这样之后，冬天无药可救地彻底来了。北方的冷不是冷，而是疼。她只是裹紧大衣，埋头前行。寒冷冻结了那片飘过窗前的云，冻结了某首歌漫长的钢琴前奏，冻结了咖啡馆关门的时刻，冻结了迎面的陌生人和她擦肩而过那一瞬间她心脏里微微升腾起的小小忐忑和欣悦，冻结了他托起她下巴落空的那个吻，冻结了她房门被藤蔓封杀的孤独，冻结了透过玻璃窗一点点亮起来的天色，冻结了某个词语，冻结了晒过阳光的棉被，冻结了那双购于中学时代陪伴她已有十年的球鞋，冻结了被未拆信件挤满然后锁上的抽屉，冻结了阳光光线中重重落在地板上的飞舞小尘埃，冻结了像音乐喷泉一样在心底隐隐响起的某人带着浓重鼻音的某句话，冻结了一直响下去然后忙音的隔壁房间的电话铃……

她怀抱着一颗被冰冻过的心，抬头看夜空，却没有再看到过星星。

我想知道，你如何和一颗星星离别

我故意不再看他最后一眼，向着与风相反的方向转过身，

留给他一个垃圾桶一样装满回忆的背影。

这个情景不知道在我的生命里重复了多少次。

我总是在不断地跟一些人挥别。这一次，我几乎忍不住要掉下眼泪来。

我趁眼泪落下之前跳上了地铁。挑了一个隐蔽的角落，泪珠们就迫不及待地蹦了出来。

也许是太专注于掉眼泪，我渐渐听不到周围的喧闹了。

不知道过了多久，我停止了哭泣，在一个熟悉的站下了车。

然后我就被眼前的情景惊呆了。

我眼前所见的一切，全部变成了石雕。陌生人也好，陌生人的背包也好，报纸也好，总之不管什么，都石化了。

我一下子忘记了刚刚的伤心。跑过去抚摸那报纸。

坚硬。冰冷。是的，这是一块报纸样子的石头。千层石。

确认了报纸是真的石头后，我便不再害怕会惊扰到陌生人，走向前去，研究他们的石头质地。那个漂亮女人的眼睛，孔雀石。牙齿，玉石。啧啧，真美。

我从地铁口里面走到街道上去。

行人、路灯、树木、花草……眼前所见的一切都被石雕化了。我发现所有物体的石质都不同。

那个流浪在地下通道的乞丐的耳朵，居然是芙蓉石。而我一直嗜爱的面包店的LOGO，是廉价的砂砾石。

我东张西望，只见茫茫人海如天空繁星。

是的。所有的星星也都是石头。质地不同的石头。

我想起了他——他会是什么质地的石头呢？黑云母石？鱼鳞石？木化石？腊石？鹅卵石……

我不自觉望向和他分离的方向，就仿佛这样能穿越分离的距离看见他一样。不过我目之所及的是，夜空尽头的一小片星星，一闪一闪。

我知道，总有一颗是他。

我一直在猜测那些星星们的质地。每天晚上我都要给它们取一个名字，根据它们的光芒和位置猜测它的质地。

就这样，我习惯了在每天夜晚抬头看看星空。

我终于不再觉得和谁分离。

耳环：容貌与自我

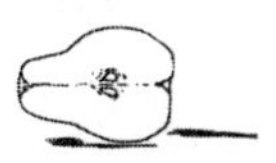

有阳光时，莲蓬头喷下的洗澡水里就有彩虹；晚上站在马路上向前看，会看到成排的路灯们一串串亮起就像夜的项链；夜晚的树会把树梢末端越伸越高就像在试图寻找外星朋友；而一阵风吹过后，树枝们都像听摇滚乐般开始摇摆 pogo；还有她此前黑发中夹杂的少许白发，竟然全数重新长为黑发了……

天黑了。又亮了。

像天空眨了一次眼睛……

美梦醒来，一日三秋。

然后，有一天，她会天经地义地遇见另外一个人，无论她多么不愿离开失恋的美丽国度，命运总会让她在有一天——遇见一个名字叫作姜予的人。

那天，她见到他。然后她看到，整个世界都缓缓变成了他的布景。他对她满脸热情地笑，唇角带着一点点羞涩，这笑容里面热情的热就洒进了她的心间。

她毫不怀疑他可以用他热情的热煮熟一碗阳春面。

他牵起她的手，她感到来自他手心的温热，正从她的手心流向她的全身——曾经被冰冻的一切，正在慢慢解冻，血管河流流向远方，骨骼山脉绵延千里，热在她的肉里面，像春天一样催开了她的每根汗毛，甚至抵达了那些没有冰冻过的她自己都不知道竟然存在的某些角落。

她又恋爱了。又，是多么值得伤感的字眼，而她终于忘记了这个字。

她恋爱了。

她感到自己终于又活过来了。她终于又能看到，树叶是绿色的，又能感到，吹在皮肤上的风，是来自大自然的性骚扰了。

傍晚她独自走过一个桥洞，身上带着姜予赠给她的一些糖。

她看到一个乞丐躺在棉被里——一只破碗和一个暖水壶是他在这个世界上所拥有的全部资产，然而他面容坦然对此毫不在乎，正借着昏黄的路灯翻看一本连环画。她缓缓从乞丐身边走过，从口袋中拿出自己的一颗糖，递给乞丐。

她看到乞丐从她手心里拿过糖，用眼神对她表达着谢意，然后剥开糖纸，把糖放进口中。

她微微一笑，走出桥洞。

她想象着那颗糖在乞丐的口中，会散发出怎样前所未有的甜蜜，甜蜜得让乞丐感到自己似乎恋了爱。

恋爱的乞丐

棉花糖小姐出生的时候，做棉花糖的叔叔正望着前面街上某个神似旧日恋人的人出神，一不小心就多放了许多糖，所以棉花糖小姐的心特别甜。

叔叔不舍得将这个棉花糖卖掉，于是就把棉花糖挂在制糖机的前面做样品。

一阵柔风拂过，棉花糖小姐张开眼睛打量这个世界：她目之所及的一切都是甜的——太阳是火红的甜，墙壁是灰黑的甜，孩子是透明的甜。

也因为棉花糖小姐天生是甜的，所以她从不需要外界的什么力量来使自己的心变得甜。这大概是她没有像其他棉花糖一样非常享受于被吃客带走的那种甜蜜的原因吧。

一天终于快要结束了，昏黄路灯下的棉花糖小姐因为吹了一天的风而显得有些疲惫了，周身也沾染了些许尘埃。

叔叔看到她身上落下的尘埃，皱了皱眉。只得把它取下来，随手送给了路边的一个乞丐先生。

乞丐先生住在桥洞里。除了阳光和时间，一无所有。哦，还有一个虔诚的心愿：想恋爱一次，哪怕和空气呢。

乞丐先生接过棉花糖的那一刻有些麻木。但随即他就被棉花糖的香甜气息所深深吸引了，情不自禁地咬了下去。甜甜的。

棉花糖小姐睁大眼睛看着乞丐先生——乞丐先生的眼睛是浑浊的甜；脸是灰黄的甜；心脏是空白的甜，此刻正被甜填满。

而这种甜也从乞丐先生的味蕾散发出来弥漫了整个世界——那一刹那他眼中的阳光和时间都是甜的。

棉花糖小姐一点点消失于空气和乞丐先生的舌尖。

乞丐先生望着眼前仅剩的阳光和时间出神。他想在他的后半生里，至少有那么一次吧，他应该被人问到：“请问，棉花糖是什么味道的？”他想他会这么回答：

“那就像和空气接吻。甜甜的。”

她写完这篇童话，伸了个懒腰。每次伸懒腰，总有种自己还在发育的美丽错觉。

姜予是毫无疑问的第一读者，她看着他在电脑前，一行行地阅读她一行行写下的文字，不由得想起了从前那些在深夜写过的诗篇们——曾多么渴望，能被某一个人读到。就像她看舞台剧版的《罗密欧与朱丽叶》，最惹泪点的不是朱丽叶说“我想和你一直说晚安，直到天亮”，也不是罗密欧说“我要祷求你的允许，将手的工作交给嘴唇”，而是给罗密欧送信告知他朱丽叶是假死的仆人说：城里发生了瘟疫，马儿死了，路途遥远，信无法送到了……

她又想起了许路曾带给她的深深哀愁。也许正是因为这哀愁的美丽，才让她反复想起并让这个在姜予身边的她变得更美丽。而当姜予读完那篇童话，转过身看着她，对她发出热情的笑，她心中的哀愁正一缕一缕蒸发掉。

和他在一起是多么开心呀——如果说许路曾在她心中建了一座童话城堡，那么姜予则让她真正成为了城堡里的公主。

每天早上，当她又一次穿过漫长的黑夜，终于独自醒来之后，忽然发现自己正躺在姜予的臂弯之中，从他心脏里发射出来的热血的温度正从他的怀抱缓缓流向她的全身——世界上再也没有什么地方比他的怀抱更温暖了，而所有的恐惧，都被他的手臂阻挡到了另一个世界。当他也终于醒来，他们看着对方梦境一点点脱落的脸，在对方的眼睛里一点点更加清晰，仿佛他们已经这样度过了几生几世。

他们在一起度过了冬天，送走了寒冷。春天的时候，她感到他变成了一头小浣熊，只想每天抱着他在草地里打滚玩。

他做饭给她吃——他做的饭，带着人间最美的烟火味儿，一点点滋养着她脱离地球引力的心。她感到他似乎在她身体里养了一群金鱼——袅袅的火红色，在她身体中四处流窜。他注视她的目光牵引着鱼群的游动方向，海水吻向海岸，她的经血滋养了指南针。再也没有什么能唤醒她身体深处沉睡的情欲之海了——除了他那总是带着热带植物密集散发出潮湿热气的手心。

他牵着她的手去看演出。一个他们共同喜欢的乐队。她和他站在疯狂的人群中，她的心反而平静而虔诚起来，她凝视着正向全世界发射音乐的舞台，只见鼓声作为鼓手生命的延伸，伸向她。在她听不见自己心跳的时候，鼓手替她重新敲响。

她的心渐渐复活过来——这才发现，此前自己的生活，简直等同于行尸走肉。

舞台在乐队的演奏中渐渐变成了大海，海浪一波一波抚慰着她，她心中累积的情绪越涨越高，最后，她感到从台上掀过来的音乐像海啸一样扑向她……

她浑身一个激灵，几欲热泪盈眶。

终于，泪一点点悄悄地从眼眶里爬出来，一点一点带走了她心中埋葬的某些记忆。

她活了过来。

鼓掌的时候，她甚至发明了一种新的鼓掌方式：用右手拍击心脏鼓掌。

演出结束，他们从 Live House 出来，她深深感到：世界，已经和原来的截然不同了。月亮坦荡荡地照射着地球上的一切——月亮知道吗？现在起，所有的事物由内及外，再也不是原来的了。她挽着他的手臂，而从他手臂上散发的溺爱，让她感到自己似乎回到了 6 岁左右的童年时光——只是这样无忧无虑地被大人们溺爱着，世界就充满着无边无际的希望之光……他们走在越来越深的夜色中，仿佛早已走出了城市，正在走入一个深深的山洞。

而就在这时，没来由的雨忽然下了起来，他们却并没有幸运地忽然遇到一把伞。然而他慌忙伸出自己的大手，挡在她的头顶为她避雨，眼看雨越来越大，他索性脱了外套，罩在她身上为她挡雨，任自己被大雨淋透……最终，他们幸运地打到了车，回到住的地方已是凌晨两点，她扶着冰箱微微喘息。有那么一小会儿，菠萝显得很好吃。

她生命中全部的贪婪前所未有地被他全数激发出来，去承接来自他那里的源源不断的溺爱。她想到在她 8 岁的时候，美丽的仲夏夜，全家人睡在屋顶乘凉，后半夜的时候，她忽然被吵醒，听到妈妈对爸爸说，要下雨了，赶紧把孩子抱回屋吧。而她为了能让爸爸抱一下，就假装自己还没醒……

她是如此贪恋他的臂弯——只要来到这个地方，她的所有感官知觉都变得无限放松起来——在这种无限放松中，全世界都开始变得柔软——所有的树叶都变为嫩叶，公路都变为蕾丝公路，面包车都变为面包……她看着窗外的树木们，感到这些树，都在她此刻放松了的感官中，变得比平时更高，更远……仿佛来自某个童话中的森林。

而仅有的五官是远远无法承接这些宠爱的，因此她逐渐迷恋上了耳环——她的第六官。羽毛耳环让她感到自己的五官如同天山上的云一样缥缈而虚无，流苏耳环像她浓密的头发一样隐藏着她无数的小秘密而让她的五官变得神秘，绒毛耳环的每一根毛毛都充满了撒娇的预兆而让她的五官变得娇媚，花瓣耳环带着离开花朵的伤感而让她的五官变得柔弱，珍珠耳环还带着在蚌壳里做过的梦而让她的五官发出梦幻的光辉，蝴蝶结耳环因为和蝴蝶是近亲而让她的五官散发出翩跹起舞之美，青铜耳环则因为能让看到的人致幻而看不清她的面容……每次戴上耳环，她都感到自己的容貌变成了另外一个人——这种变脸游戏深得她心，就这样，她有了很多个自己，获得了更多的宠爱。

她不允许他有任何动作是和爱她无关的，不允许他任何一次呼吸和爱她是无关的。而他欣然应允求之不得。

在一个无风的晴朗夏夜，他们肩并肩坐在一片草地上。

“看，这些灯，都是我们的孩子好不好？”姜予指着周围草地上的地灯，微笑着深情地说。

她顺着姜予手臂指的方向看过去，地灯映射着青草幽深的青，发出莹莹青光，射入夜空之中。从他们这个方向看过去，草地上的地灯繁繁点点，就像一个绿色的天幕，闪着点点繁繁的星光。她的心因此而再次融化。这句话正在成为她的一块有着神奇能量的巧克力，无论什么时候想起这句话，都会像吃了巧克力一样，感觉到多巴胺在体内渐渐萌发，然后整个人陷入一种没理由的美妙愉悦之中……

夜色在越来越深。她一直暗自低低回味着姜予刚刚的那句话。夜风温柔地撩起发丝，轻轻拍打在脸上、肩上，而她心中回味着的这句话，正在被她藏到心底，藏成秘密——完完全全密封起来，以为这样，就可以抵抗所有破坏，就会永远完好无损，永远永远。

他们就这样一起度过了夏天。每年的夏天，她都觉得会有什么奇迹即将发生，然而直到整个夏天过去，这个季节除了带走她一整个夏天都没有见证奇迹发生的失落，似乎什么也没有带来。而这一年的夏天，她在他的身边，似乎看到了奇迹的影子：有阳光时，莲蓬头喷下的洗澡水里就有彩虹；晚上站在马路上向前看，会看到成排的路灯们一串串亮起就像夜的项链；夜晚的树会把树梢末端越伸越高就像在试图寻找外星朋友；而一阵风吹过后，树枝们都像听摇滚乐般开始摇摆 pogo ；还有她此前黑发中夹杂的少许白发，竟然全数重新长为黑发了……

然后，秋天又来了，虽然她仍然没能调制出“北京之秋”这款香水，但这款香水的香味却永存于她体内。只是那香味从去年起，多了一点点失恋的香味。而正是因为姜予在她身边，那失恋的香味才变得如此美丽。

在一个秋天微凉的半夜，他忽然有点生病——发了点烧。迷迷糊糊之中，他让她去拿药给他吃。而她是一个药物反对者——

“人体一般的感冒发烧都是能自愈的，是免疫系统在自我调节而已，无论吃不吃药，都是七天左右好，吃药有时候反而不好。”

“吃药好得快一点。”他有他固化的生活逻辑，所以他一般是听不到她在说什么的。

“快只是幻觉……好啦，睡一觉，明天就好了。”她抱紧他。然后，两人终于就这样又沉沉睡去。她感到她跌入了他体温的深渊之中，并在深渊中快速下沉，下沉到离开了整个地球……

醒来已是天光大亮，她又回到了他的体温上。而他仍在睡眠之中，独留她一个人醒来。

她恶作剧地捏捏他的鼻子，然后在他张开眼的一瞬间快速地吻他的嘴唇。

他早已习惯了她类似种种叫他起床的神奇方式。

他们起床，一些早餐正在等着他们。

吃早餐的时候，他又要吃药了。

她阻止，复读机一样重复了一遍昨晚的话："人体一般的感冒发烧都是能自愈的，是免疫系统在自我调节而已，无论吃不吃药，都是七天左右好，吃药有时候反而不好。"

"我只想好得快一点而已。"她怀疑他是没有任何记忆的……

"那也不好。"她嬉笑着，"唉，现在暖气还差几天才来，要是你好了，不发烧了，晚上我抱着什么取暖呢？"

他哭笑不得，只好用手捂住自己的脸，任自己的人生在她身边破产下去……

而她丝毫没有意识到，在他对她的宠爱之中，在她对他宠爱的无情索取之中，他早已将她宠爱成了另外一个人——一个来自她被激发了的所有丑陋人格，变得贪婪而无限索取，充满破坏欲的人。

她只是在某一天，做了一个奇怪的梦。

在梦里，她在一场大雾中不知不觉走进了一个神奇的国度——喜欢照镜子的人，最后会住进镜子国。你相信吗？

她相信。她相信她之所以成为今天的这个样子，不管这其中的过程她曾有多么无可奈何多么身不由己，其实都源于她喜欢她今天的这个样子。她是她自己的选择。

在镜子国，她认识了一个叫作绾绾的人。

因为绾绾无法摆脱从清晨张开眼睛，一直到晚上睡觉，甚至在睡梦中也需要照镜子来满足自己喜欢照镜子的心理这一癖好，最后她终于住进了镜子国——她终于不用再随身携带镜子，因为这里的人，都是用镜子做的——不光人，任何一草一木一城一池一尘一埃全都是用镜子做的。这样不管如何，只要眼睛能看到，就能照到镜子。

有一天的清晨，绾绾刚刚张开眼，便通过天花板看见自己躺在床上经过一夜的熟睡正在睡眼惺忪地尝试张开眼睛。

第二天，依然如故。天花板上，一个人正躺在床上尝试张开眼睛。

第三天至以后的很多天，都依然如此。直至她有天真实地错觉到：没错，天花板就是我。

不光她和天花板的关系是这样，和其他事物也是如此。她是她看到的一切。比如人。

走到街上去，那么多人，每个人都是绾绾的折射。绾绾遇见了那么多人，然而始终只是遇见了自己。但如果不遇见呢？有一些自己，她宁愿永远都不遇见，这样就能当作她们从未存在过……在一条街的尽头，终于她还是看见了自己，就站在自己面前，直直地看着自己，在她一步步向她逼近的过程中，她如此抗拒自己的脸一点一点在自己面前清晰起来，但她和她只能 1 之后必然是 2 一般地越来越近。在她们相距 0.1 厘米的时候，那个她弯下颈项，亲吻了她——在她和自己的唇接触的瞬间，她头痛欲裂地醒了过来。

她看到黑暗中稀薄的光折射出的世界，就像梦中的镜子国度一样。循着光，她透过窗户，看到窗外大大的月球，在干净的夜空中，正出神地看着自己。

她又一次望向月亮——月亮记得她每一次的目光，以及每一次目光的细微变化。她感到自己的视线就像一条长长的风筝线，而月亮是自己放飞的风筝。

有没有一个地方的人们，特别喜欢放风筝呢？她猜一定有的。那里的人们住在风里，一年到头都是放风筝的季节。人人都爱放风筝。

一开始，风筝随着低处的风在人们手中渐渐起飞，人于是把目光、连同目光源头的心情和思考都寄予风筝，最后风筝停留在高空的大风里，像是把那些寄托都带到了人们向往已久的远方。就像有的人说，以梦为马，这里的人是以鸢为马的。

他们喜欢放风筝到什么地步呢？会不会因为太过于迷恋放风筝，人们把所有事物都看作了是在放风筝呢？——无论看向什么，都是在以视线为风筝线而放飞着什么——当人们看一本书的时候，是在用视线放飞文字，留在书中的思考和读后感也随之放飞在大家所居住着的风里。

然后风里的思考、心事、所有稀奇古怪若有似无的对各种事物的各种感觉又会像风筝一样传播到各处，被其他的一些人所接触甚至接收。

这个地方的人们就是这么沟通、传播的。当我看向你，就是我在用视线放飞你。而你的行走是风。

就是这样。

然而到了夜晚。因为黑暗，人们什么也看不到，“风筝线”消失了。

人们觉得很寂寥。因为接收不到，感受不到来自风里的其他人的讯息了。

所有的人都觉得很寂寥。

于是他们不约而同看向天空——目光发着他们淡淡的光，在空中汇聚，形成了一个庞大的发光体。

人们叫它“月亮”。

是的，她想，就是这样的。然而此时世界上似乎只有她一个人醒着，望着月亮。她觉得很寂寥——在人们睡着时，在他，他和他睡着时，他们从毛孔呼出的睡气也会代替他们的眼睛望向月亮吗？他们终于和她的目光在月球上重逢了吗？

月亮只是静静地看着她。然而她在哪里？她多么渴望自己能乘坐自己曾经望向月亮的某一束目光，回到那时的自己……而这之间多出来的人生，只是她一时间误入了某个平行世界的黑洞而已……

但她唯一能做的只是让自己又失落起来，像早些年，那种落入一个无底洞，不断下坠，下坠，下坠，然而并不知道何时才能着地，也不知道何时才能停止，只能这样不断下坠的深深深深的失落……

她刹那间无比怀念从前——怀念没有认识姜予的以前——那些独自一人穿过长长黑夜终于醒过来的清晨，天空仿佛在用渐渐变幻的蓝在与她交谈着某种机密；那些独自在黄昏散步，独自看着太阳落下去仿佛永远不会再升上来的末日狂欢感；那些每天写日记和自己谈心，每天写首诗完成众神嘱托的时光……她这才想起，原来已经有很久——久到和姜予在一起戴过的耳环都长成了她身体的一部分，久到她都长成了另一个人，这么久，都没有再想起 Alchemist 了，她慌忙去心底里寻找——然而终于如她所愿，她早已忘了那个被她尘封起来的秘密花园藏在什么地方了……像是脚下站立的土地突然消失般悬空，她不知所措，遥望日记大海中一个一个如同帆船般的 Alchemist 单词，更加觉得那个永远下着茫茫大雪的花园，那个与大雪一起缓缓降临的弥赛亚，只是她在那几年做过的一个梦、幻出的一个觉……然而她明明记得，那片花园曾是她赖以生存的全部，那些年她那么隐忍地在一群无聊陌生的同学间潜心修炼，多少个日日夜夜，她一心想要将自己修炼成为一个可以让 Alchemist 对她一见钟情的人，那座花园就是她的修炼场，是她的灵魂避难所，是她茫茫天地间唯一的北斗星……然而后来，许路将花园改建成了城堡，后来一度，她以为自己是世界上最幸福的公主，现在，她是谁？

那个依靠恋人生病发烧来取暖的畸形变态女孩，是谁？那个只有躺在恋人手臂才能安稳入睡的依赖症女孩，是谁？那个把不择手段的索取当作快乐的丑陋女孩，是谁？……一波一波的疑问就像一层一层的泥土，渐渐掩埋着她，她感到一阵窒息——从前她在人群中感到窒息的时候，至少还有那座心底花园可以让她回去，现在，花园早已残败不堪——这曾是她在最美年华花费最宝贵的心血一点点修建起来的呀——因为这座花园，她才曾经一度真正成为了她自己喜欢的她，而现在，她是谁？她在哪里？

她像是被这段早已失衡的感情关进了一个四周漆黑密不透风的地狱中……曾经，Alchemist 塑造了她的灵魂，许路塑造了她的心灵，而现在，姜予则让她坠入生活的地狱。

在一片绝对的黑暗之中，她又想起了那晚，在许路家的天台，他们晾着衣服，他示意她抬头，她一抬头，就看到了整座星空。

小小星星

人们传说，有颗小小星星上收集了我遗落的
所有的
所有
我想起这个传说的时候就仰望星空
我在仰望的时候就
想起你
想起你，我全身的细胞都变成了小小星星

她开始依靠对从前的思念，一点点自救。她从书架上找到那本厚厚的没读完的《人性的枷锁》，没日没夜不眠不休一口气读完。她终于发现，当她独处的时候，她似乎可以沿着孤独之路，重新找到那个纯澈而自由的自己。然而，一旦回到姜予身边，她将不得不重新成为姜予身边的女孩——当他爱护她，她就成为了被爱护的，而她终于开始发现，自己真正需要的，并不是他的宠爱，更不是为了得到他的宠爱而必须成为的那个人……

虽然现有的婚恋制度以及爱情的排他性、嫉妒心决定了一个人在恋爱时只能拥有一个恋人，但人的心脏是个多面体，必须要和足够多的人在一起，才能展示它的多面性，从而健康鲜活起来，长期只和一个恋人在一起，无异于某种自残，甚至自杀。那么，其实最好的生活是，独居，拥有三五情人，努力去爱他们每一个人——当她不知道自己是否真的爱一个人的时候，她会假设自己爱，然后弄假成真……

就这样，她像佛一样，普爱众生。或者说——其实她除了真理，谁也不爱……

然而她却无法离开姜予的手臂，独自面对茫茫的失眠夜，就像一个对毒品上瘾的人，一时间无法戒毒……虽然她心中很清楚，有一天，她必然会离开他，重新成为真正的自己，然而也许正因为她明知如此，所以才贪恋这些最后能留在他身边的日子……

她又回到了从前某个阶段，天天写日记的状态——似乎依靠着一行行留在日记本上的手写字，能将那个真正的自我一点点拯救出来……她像一个一边喝着爱情毒药一边吃着单身解药的狂人，对自己提前预知的爱情结局做着最后无力而疯狂的挣扎……

秋天快要结束的时候，他们终于去看海。

在距离海大概 1 千米的地方她对海就已经是有预感的了——空气中飘浮着海水独有的咸味儿，以及比其他地方略微潮湿的触感，还有那风中夹杂着的微凉的海温……这些，都在一遍遍地提醒着身体感官：大海，就在附近了……

她想起有一次，在她 18 岁时，高考结束后的第 73 天，她独自一人去看海。那天她首先看到海的伤口——阴天中，像月亮一样的太阳，不太强烈地照射着海面，反射出一道银光。那道银光，银晃晃，横卧在海上，就像海的伤口。

这也是那次看海在她脑海中留下的最后画面。后来她照镜子的时候，总想起那片海——镜面就像海一样无边无际无穷无尽，而出现在镜面上的她的脸，则有一个永恒的伤口：

伤口

如果说我的身体存在什么伤口，
那一定是我的嘴巴。
在过去的二十几年里，我不停地说话，
倾诉，咒骂，喝斥，低语，呻吟，歌唱……
这些声音，在空中悄悄地击中了风；
继而击中了正在生长的树木，树木中的花朵，以及
一些人的耳朵，反击中了我。
我相信所有的疼痛都源于此：我有一个口。
生而就有。
无以回避；无以治愈。

后来有很长一段时间，她都不喜欢说话——因为这会暴露她拥有一张口的事实，她喜欢戴着口罩，一张一张地画自画像——只有在自画像中，她才可以完美到没有嘴巴……这些过往随着海的渐渐临近而渐渐在她脑海中浮上来了，她紧紧抓着这些过往，如同抓着最后一根救命稻草……她是在一点点找回过去的自己了。

此时她第一眼看到的海，是另一种海——仿佛在海的尽头，存在有另一个星球，有另一种可能——另一种可能，这便是希望。

这不是那片从小长在她身体里，被她梦见，随着她的发育而逐渐长大、时时涌动的海，而是包容了世界上所有女孩眼泪的海——更因为包容了所有女孩的眼泪，因此包容了世间万物的海。海风撩起她的

发丝，吹开她的胸怀——仿佛她的胸怀真的可以像海一样广阔，她内心一动，被大海的善良感动哭了……也许自己迷失了的自我，也在这片海中，为这个自我所落的眼泪，也是海水的一部分。

他不明白她为什么忽然哭了，只是一把搂过她，轻拍着她的后背，她听到他的心脏在内脏丛林中强有力的跳声，一阵强有力的安全感将她紧紧包围，她擦干眼泪，对着他笑起来，拉起他的手："我们去沙滩上玩耍吧——"

说完，她发丝飞舞地跑起来，海浪一波波冲向沙滩上，仿佛是海穿的裙子。而他举着相机，代替他的双眼和记忆，拍下一幅幅画面。

在沙滩上，她用沙子将自己的双腿埋葬起来，于是成了最喜欢的童话人物——小美人鱼。玩腻了，又开始在沙滩上胡乱涂鸦，先画了狐狸——继而想到，茫茫沙滩上，狐狸可能很寂寞，于是画了一只兔子来陪它。就这样默默想了一会儿狐狸和兔子相爱的故事，又画了一只乌鸦加入它们的生活……她慢慢发现，原来，所有的动物都隐藏在沙滩之中，等着参加狐狸、兔子的婚礼大会……就是在这发现的瞬间，她又电光石火地想起了许路——如果许路在这里，也许会和她一起，在这个平淡无奇的沙滩上，创造一场狐狸兔子的婚礼大会……她多么想念他，而他在哪里呢？他甚至都不在海的另一边——他在一个她永远都不知道的地方，就像她在内心某个自己都不知道的地方，仍然默默爱着他一样……一旦开始思念，她的思念就变得浓郁起来……后来在她看这天拍的照片时，也总能从自己的容颜和表情中，看到自己对许路的浓浓的想念……而大海会知晓这一切。如果有天，许路也去看海——大海会告诉他这些吗？

她站在海边，隐约看到秋天卷着天上的云，渐渐远去了。

他们也就回去了。

冬天又一次无药可救地来了。她仍困在这份像是上天故意要考验她一样的感情中：她无法对他贞烈，但亦无法去淫荡；她无法同他分手，但亦无法同他在一起……

而某个下午终于来临。那个下午，这座城市飘起了初雪。他约她在咖啡馆见面。

她从雪中缓缓走着，有那么一瞬间，她感到恍惚走进了几年前内心那座花园，仿佛穿过这场大雪，就能在雪的尽头遇见 Alchemist，然而她早已在人山人海中丢失了 Alchemist 的地址——即便此刻她再次得到地址，千疮百孔的她也无法去往他的窗口下，日日夜夜等他遇到她，然后……她早已面目全非，连自己都不喜欢这时的自己，怎么可能还会让 Alchemist 一见钟情？她想就地坐下，然后为此痛哭一场，却连自己现在的眼泪都是嫌弃的——她面如死灰，一步一步机械地走向咖啡馆。

他早已坐在那里等她。她一坐下才发现，透过窗户可以看到她来时的路——也许她刚刚形如死尸在雪地里行走的样子早已被他看到了。

而他只是默默抽烟，一支又一支，直到烟圈渐渐模糊了他的面容，他仍然什么也没说，而她仍然什么也没问。

一个下午像抛物线一样开始缓缓下落。

她想最后说点什么来结束这个下午，但是没有——只涂了一些大红色口红，等他开口。

他终于开口了——她看着他说了那么多，他没有意识到这让嘴巴变成身体的伤口……而他继续说着，时间仿佛过去了几亿年，直到椰子树和泰山都失聪。

末了，他问：“你怎么以为？你有什么要说的？”而她不禁哈哈大笑——的确，所有语言都比不过哈哈一笑。

他们又来到地铁站，要在此分离了——他们从来没有变魔术似的在这里突然从口袋拿出一个梨，然后一分两半，一人一半，然后各自上车，然后从此山远水长，再不相见。他们没有梨。他看着她上了车，然后看着车一秒钟一秒钟地将她带走。

她终于再次失恋，再次重获自由了。她感到内心里忽然来了一支摇滚乐队，肆意挥洒着来之不易的自由。

然而，出了地铁站后，有那么一小会儿，她忽然觉得茫然——于是她停下脚步，而身后的人，一个一个从她身边流经——她忽然爱上了被陌生人一个一个流经的感觉：

就像一棵白菜

每个失恋的人也许都应该试试，在某个路口坐上半小时。

那时候人，会一个个流经你

就像曾经那个人留在你身上的污染，正一点点地被人流涤荡：

如果就此孤独，那么干净也是好的。

就像在河边一棵白菜旁边静静坐着，微风一吹，自己就是另一棵。

然后，她起身，一步一步独自走回家。她感到脚下的每一寸沥青水泥，都必须一步一步地承认她的孤独并将她送往更为孤独的地方：让更多更远的人为建筑看见她并最终确认她的孤独；在一些禁止脚步的地方，镜头代替她潜入花与树的内部去窥视世界；窥视她怎样一步一步走在回家的路上……这是一条他和她走了300多次的回家路，以至于路上似乎还留着他淡淡的体温，然而她感到无限地冷，明明才晚上八九点，但上天仿佛配合她心境似的，让这条路上空无一人，只有路灯，映出她淡淡的影子——

她怀疑她的孤独已经致使她的影子长满了全宇宙——她目之所见，无论等待中的桌椅，永远在等的灯，无聊的陌生人，沉默的街道，街道尽头的洗手间，笨拙的房屋，肃穆的垃圾场，哮喘的花店，发情的流浪猫，安静的苹果，大腹便便的咖啡馆，红眼的星云都只是她的影子……

然而回到家，她即刻感到室内的暖气紧紧抱住了她，香皂在香皂盒中发出香味让这温暖变得温馨，墙壁仿佛她从前依恋的某人的手臂，棉被永远是她强大的后盾支持着她……这些让刚刚的孤独瞬间变成了自由，她不禁高兴地跳起舞来……

她感到，随着他的离去，他在她身心中留下的污染，也在一点点离去，最终会随着每月的经血，流逝得一点不剩。

然后她就可以重新做回那个美丽的自己。

她在书桌前坐下，打开日记，和自己对话谈心。她在慢慢恢复……

一直到整个冬天又终于过去，在立春那天，她买了一支廉价口红。

就在涂上这口红的瞬间，她感到自己仿佛可以再去爱别的人——很多很多别的人。

那天她乘公交车经过他们分手的咖啡馆，从他离开的那条街出发，看见一个人躺在树下睡觉，感觉他正在梦见树上所有的叶子……

她感到自己终于痊愈了，但她仍然忍不住哭了。

那天，尤梨哭完，不知不觉竟然买了一支冰激凌，然而她吃不下——就用来陪她流泪好了——她一生都不想知道这支冰激凌是什么味道。

巧克力：单身与多巴胺

他们像是情侣，又不太像。

他们从不说爱。

她渴望他说，又渴望他不说。

而她则是永远不会说的。

“请把我的嘴巴叠成信封的形状。是的，我永远不会说出那句话。”无数次，尤梨想要对他说一些什么的时候，心底都会默默涌起这句话。

然后，她开始习惯用巧克力代替姜予的生活——从前他在她体内圈养的那批火红色的金鱼，以及那片隐蔽曲折幽深的大海，现在换作巧克力来承担圈养重任，似乎并无太多不同——每吃完一块巧克力，她都有了和空气恋爱的幻觉，和花朵恋爱的错觉，和孤独恋爱的感觉——可惜这些事物并无生殖器罢了。

再然后，她尝试去过那种自以为喜欢的生活：独居，有三五情人，读书看电影听音乐写作旅行。大多数时候，她喜欢独自一人坐在沙发上，呆呆抽着烟，一遍一遍听着 Arielle Dombasle 的 *Quiereme*，然后她看到她的烟圈渐渐飘成梵高的星空图，她就住在星空下。

这年的圣诞节，她遇见了一个人。

他符合她对男性的所有审美：嘴唇好看得像是一个挂在嘴唇上生长的人，手臂强壮如她的大腿，眉毛浓密漆黑散发着安全感。重要的是，他轻巧地避开了男人们普遍都有的缺点：自大、自以为是、自不量力；他是聪明的，不落世俗的，圆滑而不世故，有才华而又勤奋上进。甚至连鄙视蠢货时，那种带着优越感的厌烦，都是令人赏心悦目的。和他在一起一小时，她就开始喜欢自己。

他们一起看电影，一起分享彼此这些年来珍藏的音乐，一起谈论各自的梦想……在吃完冰激凌的时候接吻，在初夏午后郊区的野草地躺一整天什么也不做，去郊区农庄的大片花海肆意拍照，使用手机软件自己编曲，然后组成二人乐队录唱喜欢的歌……

他们像是情侣，又不太像。

他们从不说爱。

她渴望他说，又渴望他不说。

而她则是永远不会说的。

“请把我的嘴巴叠成信封的形状。是的，我永远不会说出那句话。”无数次，尤梨想要对他说一些什么的时候，心底都会默默涌起这句话。

爱情，永远是她的秘密。从这段感情中，她发现，自己比以前更善于隐藏自己的秘密了——从前以为，只要藏到忘记还有过那样一个秘密就是最高境界了。而现在逐渐发现，从前她在身体里藏下的那些零散的小秘密，终于汇集成了一个大秘密，成了她的内核。就像苹果藏着苹果核一样。

遗憾的是大多数秘密都因为藏得太深太久太怕失去而拼命保密所以遗忘了。

她渐渐对他隐藏了自己的心，继而是眼睛、耳朵……

有天清晨，他们吻别。他从她嘴唇上离开，然后转身迈步向前走，走了几步，又回过头，看她还站在原地，于是对她微微一笑。

于是她也莞尔一笑。

然后她看到他回过头，专心向前走去。

那之后，他们很有默契地不再联络。就这样各安天涯地一天一天过去，一直到盛夏炎炎，某个深夜，尤梨删除了关于他的所有痕迹。

她又失恋了。她竟为此感到高兴。那些失恋的美妙情绪滋养着她的感官，让她感觉到自己仍在鲜活地生长着。

每次失恋，她都重新做回一次少女。

她买了一台拍立得，快速记录下自己所看到的一切风景，以此，遗忘掉从前和别人一起看过的风景。

就这样，竟也能快速地自我治愈。

然而在这些风景与风景的空隙间，她又想起了姜予——就像一种诅咒，每次和别人恋爱完，她仍会条件反射地想起他，仿佛他真的是她的哥哥一样——自从他们分手后，她对他的称呼就变为了哥哥，因为哥哥总是爱妹妹的。但她已深深明白，和姜予在一起的那个四季，是上天给她安排的一段她最不愿意面对的不堪的成长经历。仅此而已。她必将在时间发展的洪流中，轻轻抹除掉他在她生命中存在过的痕迹，就如同抹除掉过紧的胸衣在肉体上留下的压痕。

再然后，她又会在时间的带领下，遇见一个别的什么人。

她想起他们的第一次遇见，是在大街上，一条普普通通存在了几百年、被无以数计的人走过的街上，一个普普通通孕育着花要开的三月早晨，她向西走，他向东走，在一株还没来得及开放的刺梅旁边，他们遇见了。她只是匆匆看了一眼他，但她看到他看自己的眼神——一种忽然想起来一些什么的那种眼神，一种离别已久忽然遇见老朋友的眼神。

后来他们认识了。她也不是没有爱上他，他也不是不喜欢她。但是，共度了一天后，两人就像失去了所有联络方式似的没有再联络。

她继续着自己的生活，他继续着自己的人生，直到第二年，于同一天，他们再次遇见。他们又共度了一天，他们不是不快乐，然而，这天之后，两人继续没有再联络，只是继续着各自的生活，直到第三年……第五年时候，他们认为必须要掌握自己的命运了，于是他们有了一个人为的约定：每年此时都出现在这条街上，让彼此遇见。

后来有人问她，“你们为什么不结婚？”

“无名指太宽，一直担心在婚礼上互换戒指时戴不上婚戒。”她说。

如果有人问男孩，“你们为什么不结婚？”

“遇见她之后我就总是失眠。后来我发明了一个治疗自己失眠的办法。我写了一本治疗失眠的书：睡醒了、失眠了、开始数羊：我爱你，我恨你，我爱你，我恨你……这样写下去，写了几百万字，这真的治好了我的失眠，然而，我却清醒地记得，我每次睡着的时候，都是恰好数到‘我恨你’的时候，再后来，我驯养了自己的大脑，只需要说句‘我恨你’就能自然入睡了……就这样，我发现，原来很多事情都是可以省略掉的……比如我爱你……”

他会这么回答。只是，从来没有人这么问过他。

从来都没有。

这是真的。至少她——现在的她，已经不再需要被爱了。被爱是虚荣，是虚幻——去爱别人才是真实的——付出才证明拥有，失去了才是人生。

而她也渐渐地发现，自己喜欢的不仅仅是三五情人。而是三五情人散布城市各处，而她独自一人坐在沙发上，呆呆抽着烟，一遍一遍听着 Arielle Dombasle 的 *Quiereme*——此后的一年，她将这首歌听了几千次不止——只有在这首歌中，她仿佛能看到她的烟圈渐渐飘成梵高的星空图，然后确定自己就住在星空下，还能有恒星可以仰望……

她就住在星空下。

就这样获得了一种来自安全感的慰藉。

她痊愈了吗？从前她和其他人一样，相信痊愈是会随着时间的推进而自然发生的——然而直到这时她才领悟到，真正的痊愈是不存在的，痊愈就是一个超自然词汇而已。

伤口就是伤口——所有的痊愈都是一时幻觉。

她将永远带着永恒的伤口，写日记，重建内心花园。并渐渐不再入世，移居花园深处。走更远。看更多书，更爱思考。写更多诗。吃巧克力疗伤。买更多内裤。买更多高跟鞋。买更多口红。买更多耳环……

不知过了多久，有天傍晚，那个从不说爱的露水情人找过她，给她留言：只想知道你过得好不好。

她认为，她从没有看见过这句留言——她的字典里早就没有过得好不好这种话了。因为在她看来，过得好不好一点也不重要。谈论这个没有任何意义。

她只是一心想要激发生命最深的潜能，发挥出自身最大创造力。

然而这个过程是如此庞大而艰辛。“问征夫以前路，恨晨光之熹微”。

她感到身体中的那片情欲海渐渐消失了。

双腿太深的女人

昨天在天上监视
着我。我在万事万物中
给日记上锁。就像
他和她走了，
房间空了。房间
透过窗户，永远看向
外面。

她在自己的房间中，一个字一个字地敲下这首诗。然后点一支烟，在烟圈弥漫中自己又读了一遍。过了一会儿，有网友问她：你孤独吗？

她如实回答：我的孤独就像我的阴道一样深。

网友似乎被她的回答击中了：那么，我们开始一段崭新的感情，可好？

她呵呵一笑：不好，因为我的心胸又和我的阴道一样狭窄。

然后，她删掉这首诗，关了电脑，就像美人鱼永远地关掉了自己的下体。

再后来的一天，许路来北京出差。

凌晨两点，她一觉醒来，恰好看到他发来的信息。

人在刚醒来的一瞬间是脆弱的，而人在深夜的性格与白天也是不同的，还有这种时间的巧合，简直像是上天的安排。

于是她带着5年前分手时没来得及说的话，以及这几年对他期期艾艾的淋漓之心，答应见他一面。

他乘着夜色之马，一步一年地跨越他们之间的时空。

看到他身影的一刹那，她内心一动，似乎又回到五年前，那个和姜予认识以前的自己。沿着他的身体剪影轮廓，她似乎又看到了自己的童话城堡。

然而，她无法再是公主了，即使是，也是老公主了。

他们小心翼翼，试着谈起从前。

他们都对着现在的对方，向五年前的对方，道着五年前的歉。

他们无法不彼此原谅了。

她心中忽然百感交集，热泪涌上眼眶。

而他忽然吻她——在她毫无洞察的情况下，然后快速离开她的嘴唇——过程之快令她完全来不及反应过来，然后，她只是听到他字字句句地说：

“我爱你。”

她呆住。震惊从她的心脏，快速随血液流遍全身。

五年前，他甚至都没有直接说出这三个字。然而在他如今说出来的时候，她却并不感动，亦不甜蜜。她只是忽然完全释怀了，她感到，他在她心中长期以来累计的各种思念轰然倒塌，然后迅速消失。

她自由了。

那之后，她没有再回复过许路的任何讯息。

她并没把他放在心里。只是把他收藏在了灵魂里。

而时至今日，她才想起来，那天，在他说爱她的时候，她应该说："你爱的人太多了。"

在她自以为爱着他的那些年，与其说她对他爱得深，不如说他曾对她的伤害深——她总是这样，后知后觉，或是说，到了某些年龄，才能看清某些事物的本质。然后，随着年龄的渐长，也越来越接近最真的本质。总之，在她现在的这个人生阶段里，她不再认为她是爱他的。

但是，她深深相信，只要他还没忘记自己的灵魂，他就不会忘记他还爱着她。

她曾留给他两本书。是两个诅咒。一本《月亮与六便士》，希望等到他 40 岁时候，也会抛妻弃子，离家出走。一本《当我们谈论爱情时我们在谈论什么》，希望他永远不知道自己爱我有多深。

再后来，她听说姜予有了新女友——是的，这个她反复想象了多次的一天，总会到来。那天傍晚，她决定发短信给他。

"听说你有了女友。"

"是的。"

“祝你结婚，祝你永远七年之痒。”

按下发送键，她心中一阵快意。她想，如果再过一段时间，他邀请她参加他的婚礼，那么她就这样回复：“下次再去参加，祝你孤独且长命百岁。”

她笑起来。

这一年的夏天快结束的时候，她和一个人结伴去终南山隐居三个月。三个月的时间，她想，足以让她这些不值一提的过往人生在山尖渐渐沉淀。然后她就能在山顶看清楚，她该怎么去创造未来的人生。

在终南山

像描眉一样描
写过去
汉字们手拉着手舞蹈，自动排列
成小说，在你睡着时。
在梦里杀虎、
把虎的魂魄永远留在梦中
性欲昙花一现而
昙花一直站在泥土里
去一个热带雨林无人岛
专注做爱二十年
钢琴声响起
人们都变成了琴声上的寄生物

为钢琴只能成为钢琴的伤感

让我变得不再是我

我是我。再也不必分离出一些我

去爱你。

躺在床上躺在

宇宙的怀抱而

地球的转动带走所有夜晚。

写完这首诗，她站在终南山顶，看着远处的万家灯火，想起那些年失眠，是因为没人和她说晚安。

一扇窗口的灯熄灭了，秒针又往前走了一步，每一支口红都有流不出的血，所有公路都通往某个女孩的阴道……她无法再越过小时候跳房子画的那条白线。而一天早晨醒来，她后来重新又遇见的人，决定了她从前的命运……

而也许，这一切就像她的下一任男友，永远不会再出现。

咖啡：清醒与时间

女人缓缓地低下头——就在女人低下头的时候，太阳也正缓缓落下去。她感到女人上面讲述的任何一段人生，都有可能是她的人生——然而她在分岔路口选择了别的路。而听女人讲述这些的过程中，她慢慢感到自己以往的人生正在慢慢丰满——她只有一个人生，就是全人类命运交叉的人生总和。

又一年的夏天过去了。

并没有发生任何奇迹。

在夏天结束的前一天，她做了一个梦。

这天，她梦见一个女人。她望着远处——仿佛远处有棵树，一棵值得她用一生时间去凝视的树，这样说道。一个字一个字地。字与字之间的间隙，仿佛是她不同人生阶段的排列。她就站在她背后。听她说这两句话的时候，感到她面前面对着的，是一片汪洋大海。

"一切都是海。"女人说道，她喜欢背对着人说话。就像面对着海说话一样。

"我常常自杀，"女人继续说道，"在我能自杀的任何时候。比如，如果有海，我就跳海；如果有楼，我就跳楼。"

女人面对着"海"说。仿佛海的尽头，众神正在与女人对话。

"但没有一次成功。"女人低下头。

"为什么？"她不确定我是否该这么问，然而早在她思考前，她的本能驱使我说出了这三个字。然后她就等女人回答她。

"不为什么。"女人淡淡地说，"什么也不为啊。我都是一个常常自杀的人了，还能为什么呢？"女人转过身来看着我。

“你自杀的时候，都在想些什么？或者——自杀时候，你是什么感觉？”

“第一次是在我 7 岁的时候。我趴在一口深井边，往下看——当我看到井水深不可测照出我侧影的那一刻，有一种神秘的吸引力从深井的深处袭来——我如此地渴望——直到多年后我回想起来，才知道那种感觉叫渴望——渴望去往深井中的另一个世界——那个世界正有一个我在看着我呢，我很想去到她身边，问问她，名字是不是和我的一样……”女人的眼神陷入了幻境，她感到女人的目光茫然广袤得像戈壁滩上的月光。

“然后，我跳了下去——”女人闭上眼，然而眉毛始终像长白山一样高远巍峨地凝着。

她能明白那种无限接近、到达一个脑袋里想象中某个地方的那种渴望——通常在她做梦时候，在某些梦里，她曾快要，或者已经到达那些神秘的地方，然而醒来后，在梦的痕迹尚未褪却之前，既有一种那些神秘地方确实存在的荒凉的温暖，又有不知道能不能再在梦里去一次的那种深深的惆怅，然而惆怅始终也带有荒凉的温暖。然而梦的痕迹消散后，日后再回忆起，才会深深明白那种无法抵达的绝望。

“当我再次睁开眼，一切都是雪白的。”女人慢悠悠地说，“我以为，我到达了井底——正在我讶异于井底的世界为什么是纯白色，而且，为什么我并没有看见那个长得和我一模一样的女孩的时候……”她已经习惯了她的说话方式，只是静静听女人讲着。

“我的家人围了过来。”女人缓慢地说着，好像在艰难地思考着什么，“我才知道，我是在医院。”

“那之后，一直到27岁，我没有再‘自杀’过。

“甚至，一直到我27岁时，我才想起童年还有这样关于‘自杀’的一件事。然而当我在27岁想起这件事的时候，才发现，我从来都没有忘记这件事——我只是将这件事记得太清楚了，清楚得连我自己都没发现它早已深深沉入我的潜意识，甚至我这中间的20年生命，都是建立在这件事的基础之上的。

“而这二十几年，只是平凡地长大，初潮，恋爱，中学毕业，失恋，大学毕业，工作，再恋爱，再失恋，辞职，再工作，再恋爱，再失恋……然而在我27岁时，恍然觉得，之前的生命，只不过是在无知愚昧中白白虚度了而已。因为在27岁时，我对世界有了全新的看法。在这个看法之上，从前爱过的人，做过的事，都根本不应该去爱、去发生。

“我那时常常怀疑现在的我并不是真正的我——现在的我只是把真正的我杀死了，然后努力装得像死去的真正的我。然而怎么装都无法装得像。所以有天做梦，梦见我穿越到了另一个平行世界——一个和现在的世界几乎一模一样的世界，不同之处只在于，在这个世界待了10年后，我姑妈也穿越而来。然后我不停追问她，我在原来的世界是不是已经死了。后来她终于犹豫地告诉我，我早在去年就已经死去。

“而不知道是幸运还是不幸，27岁那年的春天，在全新的世界观之上，我感到我像是第一次发自内心地爱上了一个人——虽然从前爱上一个人也是发自内心的，但那时的内心都处于错误的世界观之中，因此这样看来也不算了。

“那天我和他共度一晚。可是直到最后，那天都并没有地震。我只好平淡地走了。平淡地一秒秒地忘了他。

“时间浪浪地流。

“我开始计划去西山，希望到了西山就能忘记他；然而在西山看日出的时候，我又想起离开他那个早上的阳光——一模一样的阳光；于是我又计划去东山，希望在东山能够忘记他。然而我到了东山，隐居下来，准备让阴道和山一起荒废的时候，每月的经血又提醒着我他仍然留在我的血液里……

“正是在去西山和东山的路上，我有了自杀的渴望与瘾。我渴望变为灰尘，融入泥土，长成植物的细胞，然后在阳光下静静存在着。然后，那天和他共度一晚的人，就只剩下留在他记忆里的一个幻影——万一他没记住我，那就太好了，这正是我所希望的——我就成为了纯粹的灰尘，纯粹的植物。有天黄昏，在最烈的暴雨中，我躺在泥土上，感受着雨滴狠狠地将我砸向泥土深处的善意，在这种温柔的善意中，我感到自己慢慢真的变成了泥土，意识越来越模糊……

“然而当我再次醒来，是在一间草屋。可能是某个路过的人‘救活’了我。当清晨的第一道阳光照射到我的眼皮上时，我清楚地看到，我 29 岁的夏天过去了。然而并没有发生任何奇迹。就连所有的灾难电影都仍然遵循着地球灭亡的必然结局。”

……

她已经习惯了女人缓慢而有节奏的讲述。然而在这里，女人沉默的间奏比以上任何间隙都更长。女人缓缓地低下头——就在女人低下头的时候，太阳也正缓缓落下去。她感到女人上面讲述的任何一段人生，都有可能是她的人生——然而她在分岔路口选择了别的路。而听女人讲述这些的过程中，她慢慢感到自己以往的人生正在慢慢丰满——她只有一个人生，就是全人类命运交叉的人生总和。

“每天早上醒来，不能发现这天的阳光和昨天有什么不同。”

“那有什么关系，除了时针和上帝，大部分人与事物都不能发现。”在女人讲了这么多之后，她终于能搭得上女人的话了。

“我是说，我厌倦这种日复一日的生活。”

“但是如果日复一日地爱一个人，这种日复一日会变得特别美丽。”

她于是想起小时候在瓜田，堂姐讲过的一个故事：有一个人，感觉生活平淡，于是出海去冒险，到了一个岛上，险些丧命，侥幸逃回家，回家后又过了两三年平淡的生活，他又去出海冒险，到了另一个神奇的岛上，又差点丧命，最后又侥幸回到家，然后又过着平淡的生活……这种冒险的心就像一种反复发作无法治愈的疾病，令他一次次出海冒险。而我那时只是对他冒险时候遇见的奇人幻事深深地着迷，从没想过他其实是在一次次小心翼翼试探着死亡；也许他已经在第一次出海冒险时候死掉了，侥幸逃生是因为平行世界里的他穿越回来救了自己——人是无法死掉的。一旦存在，即永恒。

“我们只是三维空间的生物，我们所谓的死，也许只是一种时间段的错位——李白并没有死，李白仍然活在1000多年以前，当我们穿越时间跨越1000多年，就可以再找到他，和他一起活着。所以，怎么说呢，我认为柏拉图是对的，即使我们想，我们也无法死去。”

“或者说，我们每一秒钟都在死去——都在进入或者分裂到其他的时空。我常常想到，也许我在上一秒钟已经死过了，我的家人都为我哭过了，只不过这发生在另一个平行时空而已。”

“是这样的。”

“这些都是理论层面的。在我们共有记忆的这个世界里，也许我迷恋的不是死，而是奔向死的状态——活着不算，活着奔向死太缓慢了。”

“所以后来，我想到了一个完美的办法：建一座足够高的大楼——高到可以让物体从楼顶到达楼底的自由落体时间为 70 年，然后，我从楼顶跳下去，就可以这样飞着、自杀着过完一生。”

女人微笑。

她在女人微微上扬的唇角里醒了过来。而外面的天还没黑透。她惆怅地坐在床上，回想着梦里面的交谈……

“人终归是要死的，所以我们都算是自杀着过完一生的。”直到后来很久，她才想起这句话，然而已无法对梦中的女人说出。

女人说得对——如果我们能造出时光飞船——造出时光飞船只是时间问题，迟早会造出来的，那么，我们乘坐时光飞船，回到 1000 多年前，会遇见李白——他仍然活在唐朝，还没有死。所以，一个人一旦存在，即是永恒的，即使我们想，我们也无法真正死去。

人一旦存在，是无法消失的。

那么，自杀也就没有任何意义了。

那就好好活着，尽量活得久一些——这样创造出伟大价值的概率就大一些。

她逐渐沉迷于咖啡因让每一秒钟变得更长更深的深里面。她不再是她——而是——喝了咖啡的她。没有咖啡，她只是一具效率低下浪费时间的行尸走肉罢了。

她决定要健康的，好好的，抓紧每一秒地创造一些具有永恒价值的事物了。

后来，在一个醒过来的半夜，听着窗外的淅淅沥沥的雨声，她又想起了爱情——她想到——爱，到底是怎样一点一点从一个人的身心中消失的？

根据能量守恒，消失后，它们又去了哪里？

尤梨只是呆呆望着月亮——然后假装那些旧恋人们也在望，就像他们仍然在一起一样。她站在这个决心活很久以创造具有永恒价值事物的决心点上，再次回望自己从前的情感历程。

未曾谋面才像爱情——她对 Alchemist 是来自灵魂深处的爱，并因着这爱，滋养了自己的灵魂。许路送给了她一生最宝贵的礼物——一颗童话之心。这来自心灵深处的爱，也深深滋养了她的心灵。而姜予呢？他毁了此前的这一切。带给她俗世生活的快乐，也送她进入了俗世生活的地狱……后来经过潜心努力，她终于从那深深的地狱中彻底逃脱了出来……而和姜予在一起时的那个奇怪的女人，也从来不是她——假如有一天，她在自己的墓碑上写一生的经历，她绝对不会将这段经历写进去。她想——她回想了一夜往事，然后在地球滚动过来的清晨，轻轻地把这个叫作姜予的人彻底从自己的人生中抹掉了。

这之后，尤梨彻底单身下来。她只是渐渐长成了一个隔离爱情的人，日新月异，也渐渐忘了自己原是一个女人，她成了一个无性别主义者。

而清晨，成为了她一天之中最喜爱的时刻。

清晨

一

清晨是起雾的远方和我

黯蓝的玻璃窗散发的混合香气

二

我的头发们离开梦境

向着一开始起雾的远方生长

三

我要走向你

要让地球生出一条新的路

四

红色高跟鞋敲击马路的声音

成为整个清晨的中心

五

我永远都是站立在

高跟鞋上的宇宙中心

六

啊，露水，感谢你在万物中成为一粒露水

七

在一朵海棠花旁边读书

就要把这朵海棠读进书里

八

那天清晨穿了紫色衣裳跟你吻别

后来每次失恋都隐约觉得清晨是紫色的

九

清晨是天气在怀孕

万物在妊娠

十

梦见站在一条河边对河说

让经血流出来代表流淌

十一

所有人都留在了现在这句话的后面

永不复来

十二

去一个荒山隐居

让阴道和山一起荒废

一天，她终于又做了一个充满神谕的梦。

在梦里，她梦见她站在一栋建筑前，看到阎王，后面跟着一个叫作“虚符”的神，以及还有一个什么神，刚吃完饭，从一个餐厅出来——然后他们看见了她，她一抬头，就看到——阎王非常清晰，非常诡异，非常深刻地看了她一眼，而就在阎王看她的这一眼里，她立即领悟到了原来她是哪吒（同时也领悟到她的肉身像哪吒一样早已死去，只是一种附生在他物上面的魂魄），同时还领悟到，阎王之所以放过她，是因为她还有很多事(一件大事)没完成，阎王看了看她之后，转身就走了。

她醒过来，阎王的那个眼神像是印刻在了她脑海一般——她感到自己从此将被阎王永恒地凝视，她回忆这梦里的小细节，历历在目——想起了之前自己有一次的“猝死”体验——

那是一天早晨，她乘着公交车出发，不知为什么，突然间，她感到一阵轻微的晕眩，再接着，意识越来越模糊……眼前越来越黑……最后她昏倒在了旁边一个大妈的身上，幸运的是，大概 20 秒后，她醒了过来，所以她回想一下——在阎王的永恒凝视的这个梦中，所谓的肉身已死，大概是指这次“猝死”……就像更早一些时候，大约十八九岁时候，她经常会梦见她死了——有一次她梦见她死了，但她还存在于空气之中，无所不在无所不知，仍然能看到亲人朋友们的日常生活，看到他们谈论她，但她实际上并不像亲人朋友们一样真实存在了，她体验到了那种永生的痛苦……

这些微小的事情都连成了一串后，她深深发现——神对她真是用心良苦——这之后，她深深明白了自己的使命，寻找着那件等着她去完成的大事。

今天闻到蔷薇花的香气，于是
没有虚度。
她在日记本上记录着。寻找着。
我走近
一朵旋覆花，进入
旋覆花的梦境中。
时间在
我的凝视中消失。

而她仍然处于疼的深渊之中——这疼中蕴含着她此后的命运，缓缓在她身上闪烁着汗的光辉……

疼。

就在这1秒钟之中，尤梨全身所有——约共60万亿的细胞们，全部只剩下这一种感觉。

她全身所有的神经末梢，似乎都变成了一个个针尖，在这一瞬间，一齐刺向她。

她感到她立即遁入了一个绝对黑暗的空间，这个空间中，只有自己的肉身，正在这些密密麻麻、无以计数的针尖上，胡乱跳着某种舞……

而就在同一瞬间，世界上会有多少女人，正在拿着口红，在双唇上涂抹？随着一次次的涂抹，她们的双唇在她们的双手下越来越丰饶，像一点一点长大起来的初夏杨梅，一点一点越来越红，就像尤梨此刻即将滴出的血……

为了刚刚涂好的红唇，抑或为了庆祝即将流出的血。

她们，和尤梨一样，通常会选择微出一个笑来庆祝——即使尤梨的大脑在这一秒钟，根本来不及反应过来通知脸部肌肉要笑出来，然而在她的身体之中——虽然说不清具体是在哪处，但可以肯定一定在某处，也是蕴含着这种笑的。

而在她们笑着的嘴唇之上——嘴唇之上的世界是一个巨大的吻。

所有的事物都亲吻了她，而她仍然处于那个疼之中。

她感到自己正慢慢变成了疼的附属物，随着疼的感觉越来越重，自己越来越轻……越来越轻——轻得飘了起来，飘过自己曾仰望过不知道多少次的云朵们，飘过所有人的头顶，俯瞰着自己曾在这个星球上的生活轨迹——如此渺小如此微不足道——她因而变得更加轻了，轻易地飘过了地球大气层，仍然越飘越远……好像就要这样一点一点地从这个世界上彻底消失掉。而依稀之中，她似乎又本能地知道，也正因为这疼，才更能肯定自己是在活着。

在她的远方，种子正疼痛地钻出土壤，成为痛苦的幼苗；牡蛎正疼痛地哭泣，哭出痛苦的珍珠……这是一个因为有疼的存在而得以生机勃勃的世界。

她整个人已完全充满在了这个疼之中——以至于她完全丧失了对疼的感知，不再感觉到“疼”——这种疼，已经让全世界所有的事物都变成了以疼为基本单位的存在。

上帝通过疼，赐予了她这一秒钟，又似乎通过这疼，偷走了她这一秒钟——她在这一秒钟之中，已经完全忘记了此刻自己双腿间的男人，以及这之前她自以为深爱的男人的心，以及他身下的自己正处于开放状态的的身体，身体之上那无时不刻都在默默审视着自己的她的灵魂……

而其实，她脑中的海马体们记得这一切。虽然，她在这一秒钟里面，连自己的海马体们也全都忘了。

而海马体对这种疼的感知记忆，正从这一秒钟的起点开始，像拉丝一样将这一秒钟越拉越长，直至这一秒钟成为一种高空钢丝一样的存在——尤梨就像走钢丝一样踮起脚尖，伸开手臂，紧闭双眼，小心翼翼地随着越来越长的钢丝一步一步地向前行走……前方通往何处呢？无论何处，她都明白——她的余生，从此都只能建立在“疼”这个字的基础之上——这疼中蕴含的她此后的命运，缓缓在她身上闪烁着汗的光辉……而她整个人，则将永远坠入这疼的深渊之中……

－完－

FONGHONG
凤凰联动出品